中华魂

ZHONGHUA HUN

百部爱国故事丛书

甲午海战留英名

——民族英雄邓世昌

李萌　李灿　编著

吉林人民出版社

图书在版编目（CIP）数据

甲午海战留英名：民族英雄邓世昌 / 李萌，李灿编著. -- 长春：吉林人民出版社，2011.3（2025.4 重印）
（中华魂 · 百部爱国故事丛书）
ISBN 978-7-206-07481-3

Ⅰ. ①甲… Ⅱ. ①李… ②李… Ⅲ. ①故事–中国–当代 Ⅳ. ① I247.8

中国版本图书馆 CIP 数据核字 (2011) 第 031970 号

甲午海战留英名
——民族英雄邓世昌

JIAWU HAIZHAN LIU YINGMING
——MINZU YINGXIONG DENGSHICHANG

编　著:李　萌　李　灿
责任编辑:门雄甲　　封面设计:孙浩瀚
制　作:吉林人民出版社图文设计印务中心
吉林人民出版社出版 发行(长春市人民大街7548号　邮政编码:130022)
印　刷:北京一鑫印务有限责任公司
开　本:787mm×1092mm　1/16
印　张:8　　字　数:64千字
标准书号:ISBN 978-7-206-07481-3
版　次:2011年3月第1版　　印　次:2025年4月第3次印刷
定　价:35.00元

总　序

《中华魂》是一套故事丛书。它汇集了我国自鸦片战争以来一百八十余年间的近百位民族英雄、仁人志士、革命领袖、先进模范人物的生动感人事迹，表现了他们作为中华儿女的伟大的爱国主义精神。

爱国主义是人们对于"生于斯、长于斯、衣食于斯"的祖国的一种神圣感情，是人们对于自己民族的一种强烈的责任感和使命感，是感召和激励整个中华民族的一面永不褪色的旗帜。在一百多年的中国近现代史上，爱国主义一直激励着中华儿女为祖国的独立、统一、进步和繁荣而英勇奋斗。从"苟利国家生死以，岂因祸福避趋之"的林则徐，到"我自横刀向天笑，去留肝胆两昆仑”的谭嗣同；从“铁肩担道义，妙手著文章”的李大钊，到“青春换得江山壮，碧血染将天地红”的赵一曼；从“县委书记的好榜样”的焦裕禄，到“问鼎长天，扬我国威”的邓稼先……都表现出了强烈的爱国主义精神。正是由于热爱祖国的人们前仆后继地奋斗，国家和民族才得以生存，才能够在一次次历史危急关头转危为安，走向兴盛和富强，从而屹立于世界民族之林。爱国主义是鼓舞中华儿女历经忧患、跨越沧桑、百折不挠、自强不息的伟大力量，它贯穿于中华民族的整个历史，并有力地凝聚着五洲四海的中国人。

爱国主义是一个历史的范畴，在社会发展的不同阶段、不同时期有不同的具体内容。革命时期，需要我们为祖国的独立自主出生入死；建设时期，需要我们为祖国的繁荣富强增砖添瓦。在全国各族人民团结一心，开启全面建设社会主义现代化国家新征程的今天,我们要争做一名新时期的爱国者。新时期的爱国者要有强烈的民族自尊心、自豪感。民族自尊心、自豪感是任何时期、任何爱国者都必须具备的情感。民族自尊心能增强我们自立向上的恒心,民族自豪感能树立我们建设祖国的信心。要树立"祖国高于一切"的崇高信念,为了祖国和人民的利益不惜抛却个人的利益,甚至不惜牺牲个人的生命。我们要树立终身学习的理念,拓宽自己的知识面,广泛吸收新知识、新技术,完善自身的知识结构,更新学习知识的方法与理念,从思想上、知识上充分武装自己,为祖国的繁荣昌盛贡献力量。

爱国主义思想的继承和发扬,是关系到民族盛衰、国家兴亡的根本问题。爱国主义思想情操的形成,需要不断地培养。培养爱国主义精神的一个重要途径是向英雄人物和典范事迹学习和致敬。这套丛书的出版,对于青少年向英雄和先进人物学习,特别是对于在中小学生中进行爱国主义教育是不可多得的生动的教材。祝愿此书出版发行成功,为培养时代新人做出贡献。

胡维革

中华魂
百部爱国故事丛书

“吾辈从军卫国，早置生死于度外，今日之事，有死而已！”

——邓世昌

目　录

中华魂 百部爱国故事丛书

ZHONGHUA HUN

勤奋求学的英才

1849年10月4日（清道光二十九年，农历八月十八日），邓世昌出生于广东番禺县龙导尾乡（今广州海珠区龙导尾街）的富裕人家。其父邓焕庄，专营茶叶生意，尝于广州及津、沪、汉、香港、秦皇岛等地开设祥发源茶庄，并始建邓氏家祠。因邓焕庄与妻子郭氏饱受世道黑暗和战乱之苦，殷切盼望邓氏家业昌盛，就给他们的独生子起名为邓永昌。然而，家业兴旺谈何容易，离不开时势和国运的大环境，故知情达理的邓焕庄又将其子改名为邓世昌，字正卿。

邓世昌从小资质聪颖，勤奋好学，在家乡以优异成绩学完小学学业。邓焕庄觉得，无论将来让儿子继承自己的事业，还是从事别的事业，都必须学习洋文，进而学习外国先进科学知识。这在把英语当做“蛮夷之语”的当时来说，是惊世骇俗的。当他携邓世昌到了上海之后，先让他进了教会学校，师从欧人学习英语、算术。邓世昌接受新知识能力很强，学业上进步极快，11岁时（1860年，清咸丰十年）在很短时间内，就能与洋师对话，并能阅读英美原版书籍。洋师对他赞赏有加，十分喜欢这个聪明伶俐的学生。

沈葆桢

1867年6月，沈葆桢（林则徐女婿）出任福州马尾船政大臣，同时到福州马尾船政学堂任职。沈葆桢深知制造轮船须培养造船人才，遂开办制造学堂（前学堂），因法国长于制造，故应用法文教学。同时，沈葆桢知晓要驾驶轮船须培养驾驶人才，随即开办驾驶管轮学堂（后学堂），因英国长于驾驶，故应用英文教学。

这两个学堂与船厂同时兴办，并开始招生，生源主要为福建本地资质聪颖、粗通文字的16岁以下学生。所招学生，自是福建省本地人罗丰禄、何心川、蒋超英、刘步蟾、叶伯鋆、方伯谦、林同书、郑文成、林泰曾、李达璋、严复、沈有恒、邱宝仁、陈毓淞、林永升、叶祖珪、陈锦荣、黄煊、许寿山、林承谟、柴卓群、郑溥泉、黄建勋。

后学堂由于生源不足，招生一直扩展到广东、香港一带，并将年龄要求放宽到20岁以上。邓世昌得知此消息后立即禀告父亲，要求报考。开明的父亲毫不犹豫地答应了他的请求。邓世昌少年时就聪颖好学，“有干略”。当时18岁（1867年，清同治六年）的邓世昌，怀着救国的志愿，回到广州，参加考试，以各门课程考核皆优的成绩考入福州船政学堂学习航海，成为该学堂驾驶班第一届学生。船政学堂第一次招考学生后，又从广东招来已学过英语，并且基础较好的

邓世昌故居

马尾船政学堂

学生叶富、吕瀚、李和、张成、李田、黎家本、林国祥、梁梓芳、卓关略等十余人。此时，参加报考的学生，家境贫寒之生占大多数，其次是受到外国影响的家庭和商人子弟、外国学堂学生。报名者必须将三代名讳、职业、保举人功名经历填写保结，并要取其父兄及本人的保结。

驾驶专业学生除学习英语、数学外，还学习航海天文学、航行理论和地理。经过5年堂课学习，邓世昌在1871年福州船政学堂毕业后，被派到“建威”舰练习航海驾驶，随船巡历南洋各岛。邓世昌从军后“第一次”回广州家乡探亲，那时他22岁（1871年，清同治十年）。

堂课教育，仅是海军教育的第一步。要成为合格的海军军官，需经练习舰的实习。不久，邓世昌和其他同学一起登上“建威”练船，开始了他们渴望已久的海上远航。这次航习，先后到达厦门、香港、新加坡、槟榔屿，历时4个月。海天荡漾，有时数日不见远山，有时岛屿萦回，纱线交错。练习舰经受各种考验：去时由教员监督驾驶，各学员逐段标注航海日记，测量太阳和星座的位置，练习操纵各种仪器；返航时学员们轮流驾驶，教师将航海日记仔细勘对。经过两年舰课实习后毕业。那时，邓世昌24岁（1873年，清同治十二年）。

邓世昌25岁时在船政学堂攻读5年，自始至终，奋发学习，自强不息，各门功课考核皆列优等。“凡风涛、纱线、天文、地理、测量、电算、行阵诸法，暨中外交涉例文，靡不研究精通”，尤其是在随“建威”练船到南洋的实习中，表现出实际驾驶、管理舰船很高的素质和技能，深得外教的好评。加之年龄在同学

模拟当年福州马尾船政学堂授课情景的塑像

中偏大，邓世昌显得比较稳重和老练。正因如此，沈葆桢很看重他，称赞他是船政学堂中“最伶俐的青年”之一。1874年2月（清同治十三年），邓世昌被船政大臣沈葆桢奖以五品军功，任命为“琛航”运输船大副。船政学堂培养的军官开始指挥军舰，这是中国军事教育史上的一件大事，它开辟了院校教育的先河。

邓世昌故居的世昌井

1875年，邓世昌任“海东云”炮舰管带，时值日军侵台，邓世昌奉命扼守澎湖、基隆等要塞，得补千总。

年轻有为的管带

自从清政府向外国购置了一些新式军舰后，中国海军中出现了一批年轻有为的军官。邓世昌便是其中杰出的一名。

1874年，邓世昌成为福州船政学堂第一届毕业生。由于他擅长测量驾驶，被分派到一艘木制的运输舰“除航”号上当管带（船长）。后来又被调去指挥“振威”号兵舰，专门捕捉海盗。在这短短几年中，已显露出他指挥舰只的非凡才能。

1875年（清光绪元年），正值日本侵略军窥视我国台湾、澎湖、基隆诸隘时，26岁的邓世昌被任命为“海东云”炮舰管带，巡守海口，获升千总。此后，邓

威海邓世昌铜像

海军史研究会承制的“扬武”舰模型（1∶13），现收藏于中国船政文化博物馆。

世昌又调任振威炮舰管带，代理“扬武”快船管驾，升守备，加都司衔，以后又历任“海东云舰”“振威舰”“飞霆舰”等兵船管带。

1877年2月（清光绪三年），28岁的邓世昌代理“扬武”巡洋舰大副。3月，福州船政局首次派学生去英国和法国留学，根据邓世昌的全面素质和表现，完全可以选入出洋留学之列，只是因为带船人才紧缺，才让他在国内风涛海浪中锤炼。事在人为，邓世昌虽未正式出国学习，但他作为海军良将，素质是出类拔萃的，所以李鸿章等人几次派他出国去接收新舰。邓世昌在出国接舰过程中，抓紧机会，虚心好学，弥补了未在国外深造的缺憾。

因“海东云”吨位较小，火力较弱，1878年2月（清光绪四年），沈葆桢调29岁的邓世昌任装备5尊前后膛炮的“振威”炮舰管带，并代理“扬武”快船管驾，奉命扼守澎湖、基隆等要塞。其后，邓世昌获荐保守备，加都司衔。他在执行守备任务时坚决果断，用兵有方，抑制了日本侵略军的嚣张气焰。

清末，中国海军有南洋和北洋两大水师。沈葆桢以两江总督兼南洋通商大臣的身份主管南洋水师。1879年（清光绪五年），沈葆桢死后，北洋通商大臣李鸿章筹办北洋水师。1880年初（清光绪六年），31岁的邓世昌任“飞霆”舰炮船管带，这是一艘刚从英国买来的兵舰，技术装备比较先进。邓世昌接任后，又学到了不少新的技术。李鸿章为兴办北洋水师，派马建忠去考察、招收水师人才。马建忠奉命前往福建，听到了各方面对邓世昌的赞誉，并到邓世昌所带的

“飞霆”号鱼雷驱逐舰

"飞霆"舰炮船察看，亲眼见到了兵船管理的井然有序，士卒训练有素，纪律严明，还多次与邓世昌交谈。对此，马建忠给予很高评价。马建忠经考察后，向李鸿章汇报，并推荐邓世昌，说他"熟悉管驾事宜，为水师中不易得之才"。李鸿章也是识才之辈，为了加强北洋水师的指挥力量，同年夏天，李鸿章将邓世昌这个年轻有为的指挥官调到北洋水师。不久，北洋水师又从英国买来"镇东""镇西""镇南""镇北"4艘炮舰，邓世昌被调任"镇南"号炮船管带。

李鸿章

邓世昌胸怀卫国壮志，一心钻研舰船技术，并无半点与人争高低的念头。可是水师军官中有很多人忌妒他的才干，找机会排挤打击他。有一次，这4艘新军舰在黄海上巡航。突然，"镇南"号碰礁了。在这危急关头，邓世昌毫不慌张，沉着地指挥舰船脱离了危险。按理说，他救舰除险有功，但清政府却收到了中伤邓世昌的信件，将他撤了职。

有人忌妒他，但也有人赏识他。同年冬天（1880年底），北洋水师在英国定购的“扬威”“超勇”两艘巡洋舰完工，统领北洋水师的丁汝昌到英国去接收新买的两艘快舰，把邓世昌也带了去。邓世昌在英国大开眼界。他发觉有许多东西自己没有见到过，便抓紧时机刻苦钻研，对于海上战术，尤其注意研究。1881年1月，新订购的军舰安全抵达大沽口，这是中国水师首次完成北大西洋—地中海—苏伊士运河—印度洋—西太平洋航线，大大增强了中国的国际影响，邓世昌因驾舰有功被清廷授予“勃勇巴图鲁”勇名，并被任命为“扬威”舰管带。

回国以后，邓世昌指挥舰只的水平更提高了。他指挥军舰在中国沿海带巡航，保卫祖国的海疆。那时，日本、法国一直在向中国挑衅、进攻。邓世昌毫不懈怠，甚至其祖父、父亲亡故，他也没有回家守孝。

1881年（清光绪七年），32岁的邓世昌十分珍惜赴英国接舰的机会。因为，他从福州船政学堂毕业后，服从水师初建时缺少管带的需要，就开始带船，未能到欧洲留学深造。此次到英国接舰，他努力学习加以弥补。他利用各种机会游历英国的著名工业城市，看到了机器大生产的宏伟壮观场面；他游历了英国海军的主要基地、港口，看到了一艘艘各种巨型战舰，领略了世界上最强大的海军是什么模样；他学习研究了英国皇家海军的规章制度和练兵之法，看到了北洋舰队在训练和管理上的巨大差距；他学习研究了英国海军的发展历史，尤其是仔细寻找称霸海洋一个多世纪的秘密。他到了格林尼治，参观了英国皇家海军学院。这座旧日的王宫，如今是世界海军的圣殿。船史陈列室里模型铁舰、三桅帆舰，以至古老的单层甲板木船，浓缩了人类征服海洋和在海洋上进行过鏖战的历史。在回廊的墙上，他看到了英国历代海军将领的油画像，最著名的是曾数次击败拿破仑舰队和一举歼灭法兰西联合舰队、赢得特拉法尔加角海战胜利的纳尔逊。他还专程去过伦敦的特拉法尔加广场（俗称鸽子广场），瞻仰了海军名将纳尔逊高大而逼真的雕塑像。他认真考察西方海军情况，悉心学习外国先进的军事技术和经验，将这些军事装备和训练方法细心地加以研究，取其长，为己所用。8月17日，“超勇”“扬威”从英国纽卡斯尔港起航，开始了由英国到中国的漫长航行。这是中国水师首次驾驶军舰航行北大西洋—地中海—苏伊士运河—印度洋—西太平洋航线，经过的沿途各国，始知中国也有海军，均鸣礼炮致敬，这就大大扩大了中国的国际影响。此次清朝水师首次到国外接舰，派出的操舰管带无疑是整个水师中最出类拔萃的。林泰曾操纵“超勇”舰，邓世昌操纵“扬威”舰。“超勇”“扬威”两舰回国途中经历了惊险曲折。先是在地中海两舰失散，“扬威”号因缺煤而在海上漂流了两昼夜，“超勇”号获讯后去寻找接应。过苏伊士运河时，“超勇”号的螺旋桨又触礁碰坏，经修理才继续航行。至10月15日，两舰终于到达香港，历时61天。之后，两舰驶入江南制造总局，进行坞修。在上海经过整修

“扬武”号军舰水兵在桅上操作帐篷的场景

后，“超勇”号、“扬威”号于11月22日驶抵天津大沽口。邓世昌因驾舰有功被清廷授予“勃勇巴图鲁”勇名，赏戴花翎，以都司补用，并被任命为“扬威”舰管带。此次出洋，他不仅扩大了眼界，而且由于潜心钻研，增加了学识，又“详练海战术”，此外最大的收获是在思想认识上发生了重大变化。

1882年（清光绪八年）夏，朝鲜国内乱，正值李鸿章母亲病故，回合肥奔丧、丁忧，署直隶总督张靖达，奏调浙江提督吴长庆率师东渡，命邓世昌以兵舰运送之。33岁的邓世昌驾“扬威”舰鼓轮疾驶，迅速异常，径赴朝鲜仁川海口，较日本兵船先到一日。“比日舰载兵而来，我军已自仁川整队，径入朝鲜国都城办理竣事。日兵后至，争门不得入而罢”。（《番禺县续志》卷23记载了这一事件的全过程）因邓世昌率舰援朝，挫败日本侵朝计划，遂被补升游击一职，同时被赐予“勃勇巴图鲁”勇号。

1887年（清光绪十三年）春，北洋水师又一次在英国订购的“致远”“靖远”两艘巡洋舰和“经远”“来远”两艘装甲炮舰完工了。李鸿章奏派邓世昌率队赴英、德两国接收清政府向英、德两国订造的“致远”舰、“靖远”舰、“经远”舰、“平远”舰等4艘巡洋舰。邓世昌被任命为“致远”号巡洋舰的管带，并和

操演火炮的『扬武』号水兵

其他3艘舰的管带一起去英国接船。归途中，邓世昌沿途安排舰队操演练习。因接舰有功，升副将，获加总兵衔，任“致远”舰管带。

已是第二次出国接舰带船的邓世昌，此时已被大家公认是一个“西学湛深”“精于训练”的海军专家。舰艇远航训练是海军官兵的必修课，特别是到深海大洋中去摔打。邓世昌认为，接舰实际上是不可多得的最好的远航训练，所以在接舰回国途中，积极组织海军将士认真进行海上训练。38岁的邓世昌在归途中因劳累过度，发了寒热。但他对自己要求很严格，作为管带，不论在何种情况下，都要对全舰的安全负全部责任，要坚守自己的岗位。于是，他撑着虚弱的身体，一步步艰难地走上驾驶台，“扶病监视行船”。

舰船验收完毕后，邓世昌将其一起驶回中国。在途中，屡次出现风暴的侵袭，舰队的处境非常危险。但邓世昌却觉得，这不仅是考验舰只质量的好机会，也是锻炼自己指挥技能的好机会。因此每当风暴来临，狂涛骇浪猛烈地扑打舰只时，他就冷静地站在指挥塔上，指挥全舰水兵与风浪搏斗。

风浪平息，邓世昌却并不停息。他又指挥水兵进行种种操练，使水兵们熟悉各种海上技术。每天，舰上要出现好几次紧急命令，水兵们刚做好抵御敌舰的准备，又看见准备进攻的旗帜升起来了……

不仅如此，邓世昌还带领全舰官兵在沿途进行不间断的各种操练，“终日变阵必数次”。操练的内容和科目，完全是实战可能发生的，符合战斗的需要，邓世昌要求正规化操练：“时或操火险，时或操水险，时或作备攻状，时或作攻敌计，皆悬旗传令。”在邓世昌以身作则的激励下，舰船将士“莫不踊跃奋发，无错杂张皇状”。

邓世昌在操练时，对水兵的要求非常严格，但平时却平易近人，很关心水兵的生活。所以，虽然屡次经历风暴的袭击，他们兵舰上没有一人死亡，水兵们也都十分信服这位年轻有为的管带。

军舰抵达厦门时已是冬天。由于北洋封冻，这4艘军舰就留在厦门进行操练。第二年开春后，它们才驶到大沽。因接舰有功，邓世昌升副将，获加总兵衔，兼任“致远”舰管带。邓世昌与此舰相终始。

“致远”舰、“靖远”舰、“经远”舰、“平远”舰，这4艘军舰是当时中国最先进的。它们的到达，是北洋舰队的一件大事。清政府为此再加上其他18艘军舰，编成了北洋舰队，由丁汝昌任海军提督。邓世昌感到责任重大，更加刻苦钻研技术，以提高自己的指挥水平。

邓世昌没有去西方正式学习过，但他随时留意西方国家海军发展的情况，吸收它的长处，操练自己的战舰。他长期住在舰上，对舰上的一切事了如指掌，对舰上的水兵，也十分爱护。当时军官压迫士兵很普遍，邓世昌却能够关心水兵，所以水兵们十分敬重他。

北洋水师“靖远”号巡洋舰

不久，李鸿章亲自来视察这支新式舰队的操练。邓世昌平时刻苦训练的成绩，在操练时表现出来了。观看的人连声叫好，称赞他指挥兵舰行进如同骑马驰骋，指挥开炮好比弯弓射箭，动作恰到好处，没有一处不合时机。李鸿章也看得十分高兴，事后向朝廷写了一份报告，要求赐给邓世昌"勇士"的称号。

1888年（清光绪十四年），邓世昌以总兵记名简放，并加提督衔。是年10月，北洋水师正式组建成军，邓世昌升至中军中营副将。同年，台湾后山生番，时出滋扰，官军往剿失利，凶焰益炽。福建提督孙开华统军查办，李鸿章电檄邓世昌，随同北洋提督丁汝昌前往台湾助剿。39岁的邓世昌逐驾"致远"舰赴台湾埤南一带。惟时陆军苦战累月，虽迭有擒斩，终有山深箐密，难以深入。及邓世昌驾舰驶至于附海之处，发炮轰攻，乃得水陆并进，痛加剿洗，折毁碉寨，将吕家望、大庄等番社老巢攻克，由是生番悉平。奉旨著以总兵记名简放，并加提督衔。邓世昌17年后"第二次"回广州家乡探亲，这次未能见到他的父亲，因为老人家已在5年前去世了。当时，他接到丧报，但军务在身，不能回家奔丧。这次回到家中，邓世昌哭昏在灵前，醒后挥泪写祭文，将未能见父亲一面视为"终身大戚"。

1889年（清光绪十五年）2月20日，李鸿章奏北洋海军新设中军中营副将，请以邓世昌借补，任“致远”舰管带。此时，邓世昌40岁。

1891年（清光绪十七年），李鸿章来威海检阅北洋海军，这是《北洋海军章程》制定后的首次大检阅。42岁的邓世昌平时训练部队，绝对不允许搞花架子。敌舰的距离需临机测定，且在敌我双方高速运动中。邓世昌以训练得力，奏准赏获“葛尔萨巴图鲁”勇号。

1892年（清光绪十八年），43岁的邓世昌第三次，也是最后一次回广州家乡探亲。

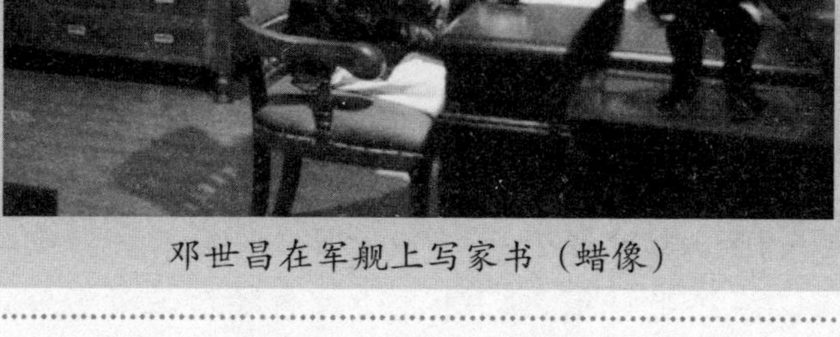

邓世昌在军舰上写家书（蜡像）

大东沟海战义撼海天

1894年7月25日，日本不宣而战，在朝鲜半岛牙山口外的丰岛海面对中国海军发起突然袭击，击沉运兵船高理号，700余士兵死难，“广乙”“平远”两舰受重创，从而挑起中日甲午战争。中日战争爆发后，清政府被迫于8月1日对日宣战。

“平远”号由马尾船政学堂前学堂第一届制造专业毕业生魏瀚、郑清濂等自行设计制造，1889年建成。此舰是中国第一艘钢甲战舰，标志着中国造船进入钢船时期。舰名原叫“龙威”，后更名为“平远”，被派往北洋水师，后参加了甲午海战，1904年舰毁。

邓世昌对日本侵犯中国早已恨之入骨，决心与侵略者死战一场。但他也清醒地估计到，中国海军成立不久，虽然平日艰苦训练，还没有经过战场考验，要

中国第一艘钢铁巡洋舰——“广乙”号，北洋水师八大主力舰之一。

抵挡日本舰队一定要敢于拼杀，有不怕死的精神。所以，在战斗前，他对舰上的军官和水兵们说：“人都要死的，但是要死得其所！如果战舰在战斗中遇到危险，我们要与军舰共存同亡！”

9月12日，北洋海军提督丁汝昌率领13艘军舰，护送5艘轮船运兵增援朝鲜平壤，于16日到达黄海的大东沟。第二天上午舰队返航，途中发现西南方有挂着美国旗的军舰共12艘。中午时分，这12艘军舰驶近，突然全部改挂日本旗。原来，这是日本舰队施的诡计！

9月15日，侵朝日军分4路猛攻平坡的中国驻军。清军将领左宝贵率部与朝鲜人民一起奋起迎战，壮烈牺牲。统帅叶志超逃回中国境内。

9月17日，震撼世界的大东沟海战爆发了。9月16日，海军提督丁汝昌率北洋海军舰艇十余艘护送援军至大东沟，并于17日准备返航旅顺。途中与挂着美国国旗的日军舰队相遇。

12时零5分，双方舰队离得更近了。丁汝昌的“定远”号是旗舰，其他舰只在两翼张开，排成一个“特角鱼贯阵”。日本军舰从对面开来，排成了“鱼贯纵阵”。一会儿，双方舰队驶进了大炮射程范围。顿时，舰炮轰鸣，烟雾弥漫，海面上激起一根根巨大的水柱。在波涛和炮火中，邓世昌指挥的“致远”号冲锋直进，在敌舰中穿插，成为一艘突击在敌人面前的战舰。

海战在12时50分打响。由于船速与炮弹不足等因素，中国舰队逐渐居于不利地位，但广大爱国官兵仍然奋不顾身投入战斗。日本舰队司令十分老练狡猾。他不顾其他中国军舰是否勇猛，命令所有军舰集中炮火攻击中国舰队的旗舰。旗舰“定远”号被炮火打中，丁汝昌的帅旗被击落，挂信号的绳索被打断，无法继续进行指挥。日本军舰不顾一切地包围“定远”号。“定远”号腹背受敌，处境危险。

邓世昌在指挥塔上看到这一情景，立即向全舰战士发出了简单的动员令：“我们军人的责任是保卫国家，一开始就不应考虑个人的生死。现在旗舰处境危险，我们要去救援，大家要下定牺牲的决心！”

船上全体将士一声呐喊，向邓世昌表示，决心照他的话去做。邓世昌继续说道：“我们要用自己的生命保住我们中国水师的军威，这就是报国的行动！”

邓世昌认为，“倭舰专恃‘吉野’，苟沉是船，则我军可以集事”。在此危急时刻，为保护“定远”号旗舰，邓世昌指挥“致远”号开足马力，驶在“定远”号前迎战，立刻处于艘敌舰包围之中。邓世昌毫不退缩，镇定自若，指挥与敌作战，极大地鼓舞了全舰

邓世昌塑像

将士。交战约1个小时，大约在下午3点钟前后，“致远”舰多处中弹，船身倾斜，情况十分危急。邓世昌激励将士说：“吾辈从军卫国，早置生死于度外，今日之事，有死而已。”这时日本“吉野”舰迎面驶来。邓世昌早愤于“吉野”的横行无忌，欲与其同归于尽，以解救旗舰。于是，下令以最快的速度向“吉野”冲去。

在邓世昌的指挥下，“致远”号勇猛地朝日舰冲去。舰首、舰尾12英寸口径的大炮猛烈地向日舰开火。整个战场的海面上空，几乎被炮火和硝烟罩住了。日舰“比睿”号、“赤诚”号、“西京丸”号一艘艘地被击中，行动迟缓。但是，日本舰队司令不顾损失惨重，仍是集中目标攻击“定远”号。战斗继续到下午两点，日军指挥官命令舰队中最精锐的4艘快速巡洋舰直逼“定远”号前方，企图将“定远”号击沉。已经受伤的“定远”号行动不便，处境十分危险。

为了保护旗舰，邓世昌毅然作出了一个出人意料的决定。他下令“致远”号开足马力，冲到“定远”号的前方去。这样，4艘日本快速巡洋舰的面前就不是受了伤的“定远”号，而是这场海战中最活跃的“致远”号了。于是一场一对四的军舰近战开始了。

面对绝对优势的敌人，邓世昌沉着指挥。军舰在

北洋水师“致远”号巡洋舰

左冲右突中不断发炮，频频命中日舰，这种灵活指挥和有效的攻击，连日本舰队司令官也不禁赞叹起来。

但是，毕竟敌人舰多炮密，经过一个小时的激战，“致远”号右舷水线被日舰的重炮击伤，顿时船体倾斜，甲板上燃起熊熊烈火，滚滚浓烟在舰只上空翻腾。然而，“致远”号的炮火并没有停下来，仍在向日舰飞驰攻击，它好像一条火龙，在海面上疾进。时间一久，舰只无法支持下去。邓世昌估计，舰船沉没已不可挽回，舰上的炮弹也快打光，已经到与军舰共存亡的时

北洋水师“平远”号近海防御铁甲舰

北洋水师“经远”号巡洋舰

刻。于是他下了冲撞日舰的决心。冲撞哪一艘敌舰呢？他在作战中发觉，日舰“吉野”号速度快，火力强，在战斗中最为活跃。因此他决定撞沉“吉野”号。主意拿定后，他对身旁的大副陈金揆说：“日本舰队就是仗着‘吉野’号横行。把它撞沉了，我们舰队可以重新集结起来进行战斗。我们与它同归于尽吧！”

“对！”陈金揆立即表示赞同。他二话没说，就下达了命令。

顷刻之间，海上出现了奇观，火龙般的“致远”

北洋水师“靖远”号巡洋舰

号拖着长长的黑烟，开足马力向“吉野”号冲去。军舰边冲边开炮，好似火龙口中不断喷发出一股股火焰。“吉野”号被这大胆的行动吓坏了，赶紧开足马力逃跑。在一追一逃中，“致远”号的炮弹多次击中“吉野”号，把它打成重伤。眼看快要追上了。顿时，视死如归的爱国官兵在黄海海面发出惊天动地的怒吼声。邓世昌冒着密集的炮火，跨过舰桥。这时船身已严重倾斜。他紧握舵轮，仇恨的目光射向吉野号。

“吉野”号在逃跑中，把舰上的鱼雷一枚枚地向“致远”号发射过去。不幸的是，“致远”号快要接近“吉野”号的时候，被一枚鱼雷击中。在巨大轰鸣声中，“致远”号向左倾覆，很快就沉没了。

“致远”舰猛地冲向“吉野”，甲板上的官兵们面向祖国的方向跪着，誓与敌舰同归于尽。敌人发现这

一情况后，集中炮火，轰击致远。致远舰甲板上起火，周围升起了无数水柱，但却向一条火龙冲向敌舰。敌人被吓呆了，惊恐

日本旗舰『松岛』号

万分，纷纷跳水逃命。日军司令官吓得手足无措，团团乱转。就在这时，“致远”舰不幸中了敌人的鱼雷，锅炉爆炸，舰上燃起了熊熊烈火。官兵们纷纷坠入海中。邓世昌与大副陈金揆、二副周居阶等也同时落水。这时，邓世昌的随从刘忠递给他一个救生圈，他坚决不接，愕然地说“事已如此，誓不独生”。正在这时候，一艘中国鱼雷艇驶过来营救落水的官兵。艇上人员发现邓世昌后，马上伸过长杆，高声呼喊：“邓大人，快抓住杆子！”邓世昌被捞出水面后，发现“致远”号已沉没，大多数水兵在水中挣扎。他决定实现自己的诺言，与军舰共存亡，便又投入水中。

邓世昌养有一条义犬，名叫“太阳”。这时，它游到主人身边，衔住了他的手臂不让下沉，邓世昌立即甩开了手臂。爱犬仍不死心，又返回叼住邓世昌的头发，使他不致下沉。邓世昌知道，这条义犬是到死也

邓世昌与爱犬『太阳』

不会离开自己的。抱定与“致远”舰共存亡的邓世昌捧住“太阳”犬的头，将爱犬按入水中，自己也随之沉没。这样，他便和爱犬一起沉入了汹涌的大海之中。全舰官兵250人全部壮烈牺牲，邓世昌殉国时年仅45岁。邓世昌这位中国近代优秀的海军指挥官，就这样英勇地牺牲了。人们怀念的不仅是他敢于和强敌拼斗，而且是他义撼海天的大无畏的牺牲精神。

T 拓展阅读
TUOZHAN YUEDU

中国甲午战争博物馆

在山东威海，在中国博物馆界，一颗新星正冉冉升起，它就是中国甲午战争博物馆，它是威海刘公岛甲午战争纪念地的专门保护管理机构，是中国著名的爱国主义教育示范基地，江泽民同志曾为该馆亲题馆名。

威海刘公岛，是中国近代历史的见证和缩影。岛上建有北洋海军提督署，丁汝昌寓所、水师学堂、水师养病院、铁码头、电报局、电灯台、船坞、炮台等一系列海军军事与基地保障设施，成为亚洲一流的军港，北洋海军实力居亚洲之冠，世界排名第4。甲午战争中，北洋海军将士浴血抗敌、为国捐躯，谱写出悲壮的

与“致远”号共存亡的邓世昌

爱国主义篇章。之后，刘公岛又沦为英属殖民地。为此，1988年，国务院公布刘公岛甲午战争纪念地为全国重点文物保护单位。

中国甲午战争博物馆，是以北洋海军与甲午战争为主题内容的纪念遗址性博物馆，馆址所在的北洋海军提督署，是目前国内唯一保存完好的高级军事部门。

该馆被中宣部、共青团中央、国家文物局等国家6部委，分别命名为“全国优秀社会教育基地”“全国青少年教育基地”“全国中小学爱国主义教育基地”“全国爱国主义教育示范基地”。

中国甲午战争博物馆

黄海海战系忠魂

丁汝昌

1895年2月8日-11日，海战进入最后阶段。日军一面围困北洋舰队坐等其内部生变，一面水陆夹攻消耗其战斗力。2月8日，伊东令联合舰队守在口外，以防北洋舰队逃跑。同时令南岸各炮台轰击刘公岛及港口舰艇。面对敌人的攻击，丁汝昌坚持应战，双方又展开一场炮战。刘公岛上的学堂、机器厂、煤库、民房等不少被击毁，岛内百姓多人伤亡，人心惶惶，局面混乱。陆军士兵公开说不再打仗了，他们或挤在防波堤下，或坐在舰船上，或登上"镇远"舰，要求载他们离开刘公岛。

清军中的一些洋员见时势危急，也打算溜之大吉，其中北洋舰队顾问泰莱、医官麦尔克、教习瑞乃尔，公开策划投降。是夜，他们先后会见了道台牛昶炳、严道洪，商量如何投降。半夜子时，泰莱和瑞乃尔两人赶到提督衙门见丁汝昌。丁汝昌正在筹划明天的作战。瑞乃尔会讲汉语，说明目前舰队所处的困境，然后说：“可战则战，若士兵不愿战，则投降实为适当之办法。”丁汝昌正色道：“投降之事万万不可，不过，为保全众人的生命，我当自杀。”

此时丁汝昌瞥见窗外有许多士兵，便开窗说：“弟兄们，再坚持数天吧，若11日救兵不至，届时自有生路。你们回去坚守岗位，明天倭寇又要来打了。”丁汝昌待士兵离开提督衙门，便执笔写信给烟台的刘含芳说：“十六、十七日（2月10日、11日）援军不到，则船、岛万难保全。”

2月9日，日本联合舰队又发动攻击。上午8时，第一游击队的“吉野”“高千穗”“秋津洲”号3舰及本队的“千代田”号驶至威海卫南口海面戒严；第三游击队

北洋水师“镇远”号铁甲舰（模型）

北洋水师“定远”号铁甲舰（模型）

的“天龙”“大和”“武藏”“海门”号4舰在前，“葛城”号随后，驶近刘公岛东泓炮台，猛烈炮击，清军奋力应战。10点钟，第二游击队的“扶桑”“比睿又”“金刚”“高雄”号4舰前来助攻，南岸和北岸陆军对准刘公岛炮击。北岸的子母弹，南岸的开花弹，犹如雨下，落在刘公岛上。刘公岛炮台并没有示弱，奋力还击，击毁南岸鹿角炮台的大炮一门，击伤日舰两艘。丁汝昌亲登“靖远”舰，率领“平远”“镇东”“镇西”等6艘炮舰至日岛附近，与敌展开炮战。中午，“靖远”号受到皂埠嘴炮台轰击，左舷破裂，炮弹穿过铁甲板，又穿过右舷舰首，舰头慢慢下沉，水兵纷纷跳海。丁汝昌和该舰管带副将叶祖圭拒不离舰，决意与舰同归于尽，最后两人被水手拥上小轮脱险。他们眼看这艘2300吨的巡洋舰渐渐没入海中，无比悲痛。但不知什么缘故，“靖远”号没有全部沉没，舰尾高翘，露出水面。丁汝昌恐怕它被敌人捞起，派鱼雷舰将它彻底击沉了。

2月10日，天下起了鹅毛大雪，日本联合舰队作最后一次进攻的准备。伊东命“严岛”号在海口整日戒严，其他各舰皆补充燃料和水，做好作战准备。是夜，“定远”号管带刘步蟾见局势危急，自己的战舰已经搁浅，无法为国效力，悲愤到了极点，便派部下携带250磅炸药，到搁浅的“定远”号上，把炸药放在舱内，点燃引线，一阵爆裂声，“定远”号完全沉入海底了。当部下完成任务回来向刘步蟾报告时，他已吞鸦片自杀了。

2月11日是日本纪元节（古代神武天皇纪念日），联合舰队各舰都进行遥拜仪式。仪式毕，伊东下令：

甲午战争黄海大战中的日本舰队

“第三游击舰队炮击刘公岛，务必全歼敌舰，为帝国争光！”上午9时，第三游击队的“葛城”“大和”“武藏”“天龙”号4舰，从南口驶至港内，用排炮轮流轰击刘公岛，南岸的陆军也开炮助战，火力之猛，前所未见。然而清军没有屈服，拼死应战。日舰“葛城”舰首中弹，死伤六七人；“天龙”副舰长中野信阳被弹击中而死；“大和”舰桥的机关炮被打坏。伊东闻报，又令第三游击队支援，重新掀起一场激战。至下午2时，刘公岛东泓炮台被南岸鹿角嘴炮台的大炮击中，两尊伯虏克大炮毁坏，尸体遍地，守台清军不得不撤出炮台；港内各舰也暂避港西。

11日晚上，丁汝昌接到烟台刘含芳的信函，高兴极了，以为援兵有了指望，即将信拆开一看，上面寥寥数字：“顷接李大臣电：全力冲出！”丁汝昌至此，方始知道援军无望，长叹一声，倒在椅上，良久才恢复过来。丁汝昌自思，口外倭舰满布，北洋各舰受重创，弹药将尽，根本无法冲出，最严重的是部下已不再服从命令，自己屡次派人去将“靖远”号用水雷击沉，众水手只顾哭求，无人动手……他正低头沉思之际，屋外一片喧哗，抬头一看，只见许多水陆兵勇跪在阶前哀求活命。丁汝昌心如刀绞，自问此事如何处置？顺着大家投降万万不能，唯有一死殉国。他毅然走出屋外，对众人说："诸位的请求我知道了，明晨一定给予圆满答复。"众人深知丁提督说话一向算数，便分别散去。丁汝昌见众人离开了提督衙门，便回到屋里，见记名总兵张文宣在来回走动，满脸悲愤。丁汝昌安慰道："老弟，不必悲伤，此乃天数，你我都不能抗拒。为拯救全岛生命，不如就此了结一身，以全忠节。"张文宣早已打算以身殉国，屡屡告诫部下将士说："你们当竭力死守，至力竭不能守时，我终不令你们独死，我独生。我当先死。以免你们之死。"因此张文宣便对丁汝昌说："劫数难逃，我们就这样决定吧。"丁汝昌听了此话，高兴极了，过来紧紧握住张文宣的手说："好！一言为定。"说罢从怀中取出早就准备好的一包鸦片，一分为两，各自仰面吞吃。不久毒性发作，先后死亡，时为1895年2月12日上午7时。

"镇远"舰管带杨用霖，因士兵拒战赶到提督衙门报告，方始发现丁、张两人自杀身亡。在张文宣身边还发现一封未写完的、给他舅父李鸿章的信，数行草字，墨迹未干。其上这样写道："此次战争，有守一月而不支者，有守数月而不支者，有守半年不支而至死者。相座（指李鸿章）当付泰西各国观战武员评其得失勇怯，不能以成败论……""镇远"号管带杨用霖是张文宣生前好友，见状悲痛万分，两天后用手枪自杀。

对丁汝昌之死，北洋舰队顾问泰莱说：“我深为不幸之老提督悲，我视其自杀，非逃避困难之怯弱行为，乃牺牲一己之生命，以保全他人之生命，彼实为一勇夫。就此点论，其高出于此间其他中国人，不可以道理计。”

甲午战争中的丁汝昌（塑像）

中日甲午战争

中日甲午战争是1894年7月末—1895年4月日本侵略中国和朝鲜的战争。1894年（清光绪二十年）爆发。按中国干支纪年，时年为甲午年，故称甲午战争（Sino-Japanese War）。丰岛海战是战争爆发的标志。清政府迫于日本军国主义的军事压力，签订了继《南京条约》后又一个丧权辱国的《马关条约》，又一次把中华民族带入了灾难的深渊。

中日甲午战争的整个过程，包括三个阶段：

第一阶段

1894年7月25日—9月17日。这时在清廷内部，以光绪帝为首的主战派占上风。时年慈禧太后60岁，她盼望从速结束战争，以免耽误她大办庆典，因此倾向和议，但迫于清议，一时尚不敢公然主和。在此阶段中，战争是在朝鲜半岛及海上进行，陆战主要是平壤之战，海战主要是黄海海战。

T拓展阅读
TUOZHAN YUEDU

平壤之战发生于9月15日，是双方陆军首次大规模作战。当时驻守平壤的清军共35营，17000人；进攻平壤的日军有16000多人，双方兵力旗鼓相当。战斗在三个战场同时展开：其一为大同江南岸战场。晨三时，日军第九混成旅团在大岛义昌少将的指挥下，首先向大同江南岸清军发起进攻；其二为玄武门外战场。玄武门为日军的主攻方向，因此集中了优势兵力，由立见尚文少将的第10旅团（又称朔宁支队）和佐藤正大佐的第18联队（又称元山支队）担任主攻。高州镇总兵左宝贵登玄武门指挥，激战中，左宝贵中炮阵亡，其部下三位营官也先

后阵亡，午后二时玄武门遂被日军攻陷。日军向城内推进，遭到清军的奋力抵抗，只得退守玄武门；其三为城西南战场。晨七时，野津道贯亲率日本第五师团本队，从平壤西南用炮火掩护步兵冲锋，清军马队进行反击。至中午，野津道贯见难以得手，下令暂停攻击，退回驻地。此时，军总统（总指挥）叶志超贪生怕死，于午后四时树白旗停止抵抗，并下令全军撤退。6天里，清军狂奔500里，于21日渡鸭绿江回国。日军一路快速推进，占领朝鲜全境。

陋室寒山增补陆军部分：1894年7月，中日两军在朝鲜开战。毅军以分统马玉昆率五营一队（约2100人），与淮军盛字军以及奉天的奉字练军、盛字练军一起，构成了四大军29营，于8月先期入朝，在平壤与从牙山退回的叶志超、聂士成部汇合，朝廷命叶志超为驻平壤各军总统领。

日军分四路围攻平壤。清军分兵抗拒，重创日军第9旅团。日军中、右两队司令官武田秀

拓展阅读 TUOZHAN YUEDU

山中佐和西岛助义中佐拼命督战，攻陷了左右两翼的堡垒。但随即遭到清军的步炮协同夹击，再遭重创。这一仗，日军遭受了重大伤亡。据《明治廿七八年日清战史》公布的数字，“将校以下死者约一百四十名，伤者约二百九十名”。中队长级大尉军官被击毙4名，少尉军官被击毙2名。第9混成旅团长大岛义昌少将、第21联队长西岛助义中佐、炮兵第5联队第3大队长永田龟少佐均被击伤。

清军虽然战胜，但不幸的是，平壤北面的牡丹台、玄武门被日军元山支队与朔宁支队联手攻陷，奉字军统领左宝贵力战阵亡。当夜9时，叶志超率军由平壤仓皇溃退，狂奔500里，逃入中国境内。一路被日军埋伏邀截，人马自相践踏，死者2000余人，被俘500余人，伤者无数。

黄海海战发生于9月17日，是中日双方海军一次主力决战。发生于鸭绿江口大东沟（今辽宁省东港市）附近海面。北洋舰队参加战斗军舰为10艘，

黄海大战

日本海军投入战斗军舰则有12艘。中午开战后，北洋舰队重创日本“比叡”“赤城”“西京丸”诸舰，但北洋舰队中“致远”舰亦受重创（管带邓世昌）。1894年9月17日，即平壤陷落的第三天，日本联合舰队终于在鸭绿江口大东沟附近的黄海海面挑起一场激烈的海战。日本海军在大同江外海面，集中了12艘军舰，包括其全都精华，即“吉野”“高千穗”“秋津洲”“浪速”“松岛”“千代田”“严岛”“桥立”等8艘5000马力以上的主力舰和巡洋舰。

9月15日上午，北洋舰队的主力，计军舰10艘，附属舰8艘，在丁汝昌率领下到达大连湾。

16日凌晨1时，清军的10个营共4000人分乘5艘运兵船，向鸭绿江口的大东沟进发。

拓展阅读
TUOZHAN YUEDU

16日中午，舰队抵达大东沟（今辽宁省东港市），到次日早晨，军队全都登陆。

17日上午8时，旗舰“定远”上挂出龙旗开始返航。11时许，北洋舰队突然发现西南方向海面上有几簇黑烟，丁汝昌登上甲板瞭望，判定为日本舰队。于是立即命令各舰升火、实弹，准备战斗。

由东乡平八郎指挥的“吉野”号率先发现北洋舰队，发出信号“东北方向发现3艘以上敌舰”。

12时20分，日舰逐渐接近北洋舰队。

12时50分，北洋舰队旗舰“定远”首先开炮。

10秒钟后，“镇远”舰也发出炮弹，紧接着，北洋舰队各舰一齐发炮轰击。3分钟后，日本旗舰“松岛”也开始发炮还击。霎时间，双方各舰百炮一齐怒放，硝烟弥漫，海水沸腾。

战斗开始不久，北洋舰队旗舰“定远”舰由于下水12年，7年未修，主炮发射时炸膛，丁汝昌摔伤，信旗被毁。丁汝昌拒绝随从把自己抬入内舱，坚持坐在甲板上督战。可是他只能鼓一舰士气，战斗刚开始，北洋舰队就失去了指挥。日第一游击队4舰利用航速优势绕攻北洋舰队右翼“超勇”“扬威”，二舰相继被击中起火，退出战斗。日舰“吉野”也被北洋舰队击中起火，但很快被扑灭。13时30分左右，“超勇”沉没。

当日本第一游击队绕攻北洋舰队右翼时，本队也与北洋舰队主力交相攻击。日本军舰“比睿”“赤城”“扶桑”“西京丸”遭到北洋舰队截击。

“定远”“来远”“经远”重创“比睿”“赤城”。“赤城”舰长坂元八郎太阵亡。“西京丸”也受创。

14时15分左右，日本舰队绕至北洋舰队背后，与第一游击队形成夹击之势。北洋舰队腹背受敌，队形更加混乱。在混战中，北洋舰队一直冲杀在前的“致远”舰受到“吉野号”“高千穗”等舰船的集中轰击，多处受伤，船身倾

拓展阅读
TUOZHAN YUEDU

斜。

伊东祐亨令第一游击队救援“赤城”“比睿”。“吉野”号冲在最前面，正遇上全身着火的“致远”舰。管带邓世昌毅然全速撞向日本主力舰“吉野”号右舷，决意与敌同归于尽。“致远”舰向“吉野”号右舷高速撞去。日本官兵见状大惊失色，集中炮火向“致远”射击，“致远”舰躲过一条鱼雷后，终于被另一条击中，全舰清兵共252名全部阵亡。(根据双方史料，“致远”沉没有了新的说法，日军史料记载日方舰队并未发射鱼雷，“致远”沉没成了黄海海战的一个谜。)

“经远”继续迎战“吉野”，也中弹起火，管带林永升、大副陈策阵亡，随后舰也被鱼雷击沉，全舰270人除16人获救外，全部阵亡。“致远”沉没后，“济远”管带方伯谦、“广甲”管带吴敬荣，临阵脱逃（方伯谦等是否临阵脱逃，近年有不同看法)。“靖远”“来远”因中弹过多，退出战斗，避至大鹿岛附近紧急修补损

北洋水师“致远”舰最终沉没

坏的机器。

“定远”“镇远”两舰浴血奋战，中弹甚多，几次起火。

下午3时30分，“镇远”舰的口径30.5厘米大炮连续击中日本旗舰“松岛”号两次。“松岛”后甲板4号炮塔中弹后，火焰引发装药，发生了大爆炸。“松岛”船轴倾斜5度，冒起白烟，火灾大作。

不久，“靖远”“来远”抢修完毕，重新投入战斗。日本军舰“赤城”“比睿”“西京丸”

拓展阅读
TUOZHAN YUEDU

负伤，旗舰“松岛”情况也不容乐观，“吉野”“扶桑”也受了伤，又见北洋舰队重新集队，伊东祐亨便于17时40分左右下令撤出战场。

北洋舰队稍事追击，也收队返回旅顺。历时5个多小时的黄海海战到此结束。黄海海战历时5个多小时，其规模之大，时间之长，为近代世界海战史上远东战区所罕见。

海战的结果是北洋舰队损失“致远”“经远”“超勇”“扬威”“广甲”（“广甲”逃离战场后触礁，几天后被自毁）等5艘军舰，死伤官兵千余人；日本舰队“松岛”“吉野”“比睿”“赤城”“西京丸”5舰受伤（“西京丸”“赤城”两舰被拖行后不久后沉没），死伤官兵600余人。

黄海海战进一步揭露出了清政府的腐败无能，北洋水师建立之初，舰队在火力和整体吨位上远超当时的日本海军。日本海军制定的扩充海军计划，为筹集经费，天皇甚至从后宫经费中拨款给海军。与此形成鲜明对比的是，慈禧太后反而从海军经费中抽出钱两建她的颐和园。大清水师军舰年久失修，海军训练差，不少水兵吸食鸦片，高级官员贪污成风，整支军队素质低下。日本海军加紧训练，军舰保养好，在自主造舰的同时，向英国皇家海军购置新舰，学习经验。在海战开始前，北洋水师军舰老旧，锅炉破损，舰炮使用实心炮弹，射速慢，威力不足。日本海军训练有素，装备了大批的新式战舰，使用大口径火炮，并装备了速射炮，开发出了新型的炮弹，在总体吨位上也超过了北洋海军，在海战上有了极大的优势。

第二阶段

1894年9月17日—11月22日。在此阶段中，战争在辽东半岛进行，有鸭绿江江防之战和金旅之战。

鸭绿江防之战开始于10月24日，是清军面对日军攻击的首次保卫战。当时部署在鸭绿江北岸的清军共82营，约28000人。清政府任命宋庆为诸军总统，节制各军。日军进攻部队是山

拓展阅读
TUOZHAN YUEDU

县有朋大将统率的第一军，包括桂太郎中将的第3师团和野津道贯中将的第5师团，共3万人。双方兵力不相上下。但是，宋庆虽负节制诸军之名，各军实则不服调度，而且士气不振，将领多无抗敌决心。是日午前11时，日军先于九连城上游的安平河口泅水过江成功。当夜，日军又在虎山附近的鸭绿江中流架起浮桥，清军竟未觉察。25日晨6时，日军越过浮桥，向虎山清军阵地发起进攻。清军守将马金叙、聂士成率部坚持抵抗，因势单力孤，伤亡重大，被迫撤出阵地。日军遂占领虎山。其他清军各部闻虎山失陷，不战而逃。26日，日军不费一枪一弹占领了九连城和安东县（今丹东）。在不到3天内，清朝重兵近3万驻守的鸭绿江防线竟全线崩溃。

金旅之战也开始于10月24日—11月22日旅顺口陷落，这是甲午战争期间中日双方的关键一战。日本第一军进攻鸭绿江清军防线的同一天，大山岩大将指挥的第2军25000人在日舰掩护下，开始在旅顺后路上的花园口登陆。日军的登陆活动历时12天，清军竟坐视不问。11月6日，日军进占金州（今辽宁大连市金州区）。7日，日军分三路向大连湾进攻，发现清军早已溃散，不战而得大连湾。日军在大连湾休整10天后，开始向旅顺进逼。当时旅顺地区清军有7位统领，道员龚照玙为前敌营务处总办，有“隐帅”之称，共辖33营，约13000人。18日，日军前锋进军土城子，徐邦道的拱卫军负隅顽抗。次日，龚照玙竟置诸军于不顾，乘鱼雷艇

大东沟海战后，在旅顺进行修理的北洋水师“镇远”舰。

拓展阅读
TUOZHAN YUEDU

逃往烟台。19日，黄仕林、赵怀业、卫汝成三统领也先后潜逃。21日，日军向旅顺口发起总攻。22日，日军占领旅顺口。

随着清军节节败退，在清廷内部，主和派已占上风，大肆进行投降活动。旅顺口失陷后，日本海军在渤海湾获得重要的根据地，从此北洋门户洞开，北洋舰队深藏威海卫港内，战局更加急转直下。

第三阶段

威海卫之战是保卫北洋海军基地的防御战，也是北洋舰队对日的最后一战。其时，威海卫港内尚有北洋海军各种舰艇26艘。1895年1月20日，大山岩大将指挥的日本第二军，包括佐久间左马太中将的第2师团和黑木为桢中将的第6师团，共25000人，在日舰掩护下开始在荣成龙须岛登陆，23日全部登陆完毕。30日，日军集中兵力进攻威海卫南帮炮台。驻守南帮炮台的清军仅6营3000人。营官周家恩守卫摩天岭阵地顽强抵抗，最后被歼灭。日军也死伤累累，其左翼司令官大寺安纯少将被清军炮弹打死。由于兵力悬殊，南帮炮台终被日军攻占。2月3日，日军占领威海卫城。威海陆地悉被敌人占据，丁汝昌坐镇指挥的刘公岛成为孤岛。日本联合舰队司令伊东佑亨曾致书丁汝昌劝降，遭丁汝昌拒绝。5日凌晨，旗舰“定远”中雷搁浅，仍做“水炮台”使用。10日，“定远”弹药告罄，刘步蟾自尽。11日，丁汝昌在洋员和威海营务处提调牛昶昞等主降将领的胁迫下，拒降自尽。洋员和牛昶昞等又推举镇远管带杨用霖，出面主持投降事宜，杨用霖最终自尽。12日，由美籍洋员浩威起草投降书，伪托丁汝昌的名义，派广丙管带程壁光送至日本旗舰。14日，牛昶昞与伊东佑亨签订《威海降约》，规定将威海卫港内舰只、刘公岛炮台及岛上所有军械物资，悉数交给日军。17日，日军在刘公岛登陆，威海卫海军基地陷落，北洋舰队全军覆没。

辽东之战持续的时间很长。自日军突破清军

拓展阅读
TUOZHAN YUEDU

鸭绿江防线后，连占凤凰城、岫岩、海城等地。大清国调两江总督刘坤一为钦差大臣督办东征军务，授以指挥关内外军事的全权，并任命湖南巡抚吴大澄和宋庆为帮办，以期挽回颓势。从1895年1月17日，清军先后4次发动收复海城之战，皆被日军击退。2月28日，日军高歌猛进，从海城分路进攻，3月4日攻占牛庄，7日不战而取营口，9日又攻陷田庄台。仅10天时间，清朝百余营6万多大军便从辽河东岸全线溃退。

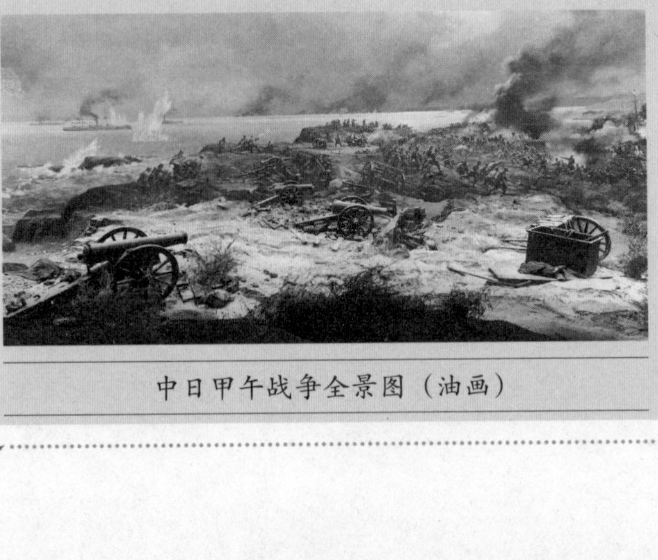

中日甲午战争全景图（油画）

名垂青史的粤籍名将

邓世昌因在中日甲午海战中突出的英雄气概而名垂史册。1894年（农历甲午年）发生的中日战争，是由于日本对中国海陆军实行挑衅而引起的。7月，日本对中国海陆军发动突然袭击。8月1日，双方正式宣战。9月17日，在黄海海战中“致远”号管带粤籍海军名将邓世昌在弹尽舰伤，仍下令加快速度猛撞敌舰“吉野”号，不幸被鱼雷击中，与全舰官兵250人壮烈牺牲。海战以中国的失败，签订《马关条约》而告终。但与清政府屈膝求和截然相反的是，在海战中粤籍海军名将邓世昌书写了爱国主义的伟大篇章。

近代国情及岭南海洋文化孕育出邓世昌的大局观

邓世昌之所以能在对日海战中表现出大义凛然、铁骨铮铮、敢于与敌人血战到底的民族气节，这与他成长过程中的国情、地域文化、家庭熏陶及所受的教育是分不开的。

国家危机四伏使邓世昌忧国忧民。邓世昌生于1849年。那个年代，中国正处在封建社会末期，大清帝国统治走向衰落，政治腐败，军备废弛，财政困难。此时清政府没有认清自己国家的弊端进行革新，而是沉陷于天朝大国、礼仪之邦、宗法不变的迷梦里，陶醉于自大、弛惰的文化氛围中。而此时，世界资本主义正在进行产业革命，蒸汽机的发明和使用，极大地提高了社会生产力，资本主义在它不到100年的统治中所创造的生产力，比过去一切时代创造的生产力的总和还要多，社会商品极大地丰富起来。随着航海技术的发展，资本主义国家为了开辟国外市场，推销工业品，掠夺廉价的工业原料，积极对外侵略。马克思曾把当时中国的现状、结局称之为“奇异的悲歌”。“一个人口几乎占人类三分之一的大帝国，不顾时世，安于现状，人为地隔绝于世，并因此极力以天朝尽善尽美的幻想自欺。这样一个帝国注定最后要在一场殊死的决斗中被打垮。”积贫积弱的东方大国——中国成了帝国主义的一个重要的侵占目标后，帝国主义就用坚船利炮把中国的国门打开，随之长驱直入，并用武力迫使清政府签订了一系列丧权辱国的条约，使中国社会从一个封建大国逐步沦为半封建半殖民地社会。

邓世昌12岁随父亲到上海，其间常到外滩，看到沿江一幢幢鳞次栉比的西式楼房，全是英、俄、美、法等国的领事馆、教堂和各式各样的洋行。黄浦江边，他

在福州马尾船政学堂的邓世昌（蜡像）

看到挂着各种旗帜的外国军舰在中国海口、内江任意进出，横冲直撞，畅通无阻，慨然叹道："中西互市久远，人曰驭风涛，稔知我国厄塞。若我国不以西法练海军，一旦强邻肇衅，何以御之？"从这里可见邓世昌在少年时就以敏锐的眼光忧虑"强邻肇衅"，忧患意识溢于言表。

岭南海洋文化培育出邓世昌的英勇无畏

岭南濒临南海，面向太平洋，处在东南亚海上交通要冲，是中国与南亚、西亚、非洲、欧洲等取得海上联系的最近通道，岭南百姓在与惊涛骇浪的搏击中形成了英勇、顽强、一往无前的精神。广州，历来是中国最重要的对外通商口岸之一，在清代还曾是唯一的外贸口岸，蜿蜒曲折的珠江穿过全城，沿江帆樯林立，舳舻相接；两岸车水马龙，商业发达，号称万商云集、商贾辐辏。历史上，广州在鸦片战争中首先遭遇外国侵略者入侵，三元里人民焕发民族气节，高举爱国主义旗帜，驱逐英军。广州群众把鸦片船叫“鬼船”，在外国人居住的商馆门前示威，强烈要求禁烟。邓世昌从小生长于广州，广州人这种爱国、务实、开拓、英勇无畏的地域人文精神熏陶着邓世昌，使他在择业时暗暗下定“苟利社稷，死生以之”的决心，把国家的海防安全与自己的理想追求结合在一起，投身北洋海军。

良好的家教使邓世昌发奋图强

邓世昌出生于广东番禺县龙导尾乡（今已划入广州市海珠区）一个殷实商人家庭，父亲邓焕庄专营茶叶生意，曾于广州、天津、上海等地开设祥发源茶庄。邓焕庄为儿子起名“世昌”，希望事业兴旺、家道昌隆，期盼时世好转、政治昌明。但事实上，邓世昌却成长于一个命运不济、生不逢时的时代。邓世昌生于两次鸦片战争之间，长于国难战乱之中。鸦片的侵袭，使邓氏家庭每况愈下。这种环境使邓世昌自幼感受到国弱民贫、落后就要挨打，只有发奋图强，国家和人民才有出路。邓世昌从懂事的那天起，就在父亲膝下聆听了民族英雄林则徐在虎门销烟的伟大壮举，读过描写第一次鸦片战争中英国侵略者在广州沿海地区制造苦难的书籍。耳闻目睹了国家贫弱的现实，加上开放师夷、竞争图强的思想影响，使他埋下了救国救民的种子。

鸦片战争后，中华民族已经开始逐步结束自我陶醉的盲目状态，认识到中国比列强军事弱、中国比列强经济穷，提出了“自强”“求富”的口号。此时，邓世昌的父亲没有像其他商人那样通过经商致富，而后供养子孙读书、考取功名而致身通显、荣宗耀祖，而是让邓世昌潜心经世致用之学和西方科技实业之学，进入新式海军学堂。邓世昌的父亲这种胆识、气魄，蕴涵了他的远见卓识和勇于开拓创新的精神。父亲的教育使邓世昌在福州船政学堂攻读的5年中，自始至终，发奋学习，自强不息，各门功课考核皆列优等。邓世昌“凡风涛、沙线、天文、地理、测量、电算、行阵诸法，暨中外交涉例文，靡不研究精通”。正因为如此，福州船政大臣沈葆桢很看重他，称赞他是船政学堂中“最伶俐的青年”之一。尤其在随“建威”舰到南洋的实习中，邓世昌表现出实际驾驶、管理舰船的很高的素质和技能，深受外教的好评。

T 拓展阅读 TUOZHAN YUEDU

广州邓世昌纪念馆

邓世昌纪念馆位于海珠区宝岗大道龙珠直街龙蜒里2号，其前身为“邓氏宗祠”，是民族英雄邓世昌的出生地。清光绪二十一年（1895）邓氏家人用朝廷给予的抚恤银扩建宗祠，占地面积4700平方米。

邓世昌于光绪二十年（1894）中日甲午海战中壮烈殉国后，清廷追封其为“从一品”官，故宗祠正门按一品官员规格，建6级台阶，以清

广州邓世昌纪念馆

代中晚期南方大祠堂的形式重建。整座建筑以长条花岗石为基础，高出地面1米后再用水磨青砖砌墙，以进口坤甸木为柱和梁架，屋顶是灰塑瓦脊、绿筒瓦面。主体建有前后座，用两廊相连，并在四角各建1座阁楼。另有东院和后花园、东西门楼、前院和照壁等建筑。正门门额上书“邓氏宗祠”字样，两侧挂有“云台功首”“甲午留名”的楹联。后花园有一棵紫荆树和一棵凤眼果树，据传邓世昌当年赴威海前所植。花园外东面原有车马场，清光绪、宣统年间，慕名前来瞻仰均在此下车，再步行前往祠堂拜。

抗日战争时日军侵占广州期间，日军士兵慑于邓世昌的威望和英气，不敢破坏邓氏宗祠。民国38年（1949）秋，邓氏族人自祠堂内创办“世昌小学”，后改为妇产院。从1957年开始，邓氏宗祠为广州市结核病防治二所使用。“文化大革命”期间，祠内不少文物散失，附属建筑物受到不同程度破坏，部分附属用地亦被违章

拓展阅读 TUOZHAN YUEDU

占用。1989年12月，邓氏宗祠被定为市级文物保护单位。1994年8月，在邓氏宗祠建立邓世昌纪念馆。现在整座建筑恢复了清代式样，祠堂的木雕亦精心复原，并涂上油漆，重现了邓氏宗祠的原貌。展品陈列线长80米，通过近600张图片和复印件、雕塑、模型、文字说明等资料，反映邓世昌青少年时代、甲午海战及其战后影响，使之成为爱国主义教育的场所。

黄乃模与邓世昌的珍贵合影。图中第二排左三是黄乃模，左四是双手合抱者即为舰长邓世昌，左五之洋人即为致远舰轮机长、英国海军顾问Purvis（余锡尔），照片上其他人为致远舰其他官兵。

邓世昌的爱国海防观

“爱国主义就是千百年来巩固起来的对自己祖国的一种最深厚的感情”。邓世昌海防观中最值得称颂和讴歌的是爱国情操。

爱国主义精神

中华民族是一个富有情感、注重骨肉之情的民族，其向来以“孝悌为荣，以非孝悌为耻”。“如欲平治天下，当今之世，舍我其谁也。”（《孟子·公孙丑

邓世昌（铜像）

下》），“先天下之忧而忧，后天下之乐而乐。”（范仲淹《岳阳楼记》），“保天下者，匹夫之贱，与有责焉。”（顾炎武《日知录·正始》），所有这些都是胸怀祖国的爱国主义精神的表征。每当中华民族面临生死存亡的紧急关头，仁人志士总能以民族与国家全局利益为重而暂时抛开骨肉之情，力挽狂澜。甲午海战中，邓世昌能不畏强敌、勇往直前、甘洒热血，视死如归，就是具有这种精神。邓氏宗祠里有一副对联：“龙跃云津凤鸣朝日，桂生高岭莲出绿波。”据传，是邓世昌青年时代的手笔。从这副对联可以看出青年的邓世昌就具有崇高的情操和远大抱负。

有记载说邓世昌青年时“性沉毅，留意经世之学”。他从现实生活的观察和亲身体验中，逐步确立了自己的爱国思想。1867年，邓世昌考入福州船政学堂，由于受“自强”思潮的影响，船政学堂的学生是在爱国主义教育思想的熏陶下成长起来的。在教学中，学堂特别强调学生独立地掌握造船和航海技术，要求“必尽悉洋人制造、驾驶之法”，“能管驾铁甲兵船，调度布阵”，而“不藉外人”。4年的学堂生活，对邓世昌爱国主义思想起了一定的培养作用。邓世昌成长为一位爱国将领和民族英雄，与他关心祖国命运和同情人民群众是相联系的。至今流传邓世昌青年时代的一首诗作：“南楼高耸人云霞，四面江山壮观吟，傍晚一城空寥阔，炊烟浓处几家人?”反映了他热爱祖国壮丽河山和感叹帝国主义侵略下家园残破荒凉的思想感情。

威武不屈和舍生取义的崇高民族气节

道与义是中华民族行为准则和精神境界。在民族处于危急关头，仁人志士抛头颅、洒热血，保持自己的节操与民族、国家大义。孔子曰：“朝闻道，夕死可矣!”《论语·里仁》还说：“三军可夺帅也，匹夫不可夺志!”《论语·宪问》就是讲的人贵有志，人们只要有了坚定的志向，执着地追求真理，掌握真理，即使以死作为代价，也是值得的。孟子曰：“我善养吾浩然之气。”什么是浩然之气?“其为气也，配义与道”。（《孟子·公孙丑下》），浩然之气必须是与义和道相

北洋水师『广甲』号巡洋舰

配合。一个人只要养成了浩然之气，那么他就必然有“威武不能屈”的大丈夫气概。甲午海战中，邓世昌面对强敌宁死不屈，舍生取义正是具有这种崇高民族气节。

甲午海战开战2小时左右，北洋舰队处境极为不利，在“致远”舰背腹受敌的危急时刻，管带邓世昌激励将士：“吾辈从军卫国，早置生死于度外，今日之事，有死而已！”，“吾志靖敌氛，今死于海，义也，何求生为?”于是，全舰官兵勇气倍增，在“阵云缭乱中，气象猛鸷，独冠全军”。在旗舰“定远”遭到日本号称“帝国精锐”“吉野”等4艘军舰的严重威胁时，邓世昌当机立断，下令“开足机轮，驶出定远舰之前”，迎战敌舰，面对骄横无忌的“吉野”，邓世昌决定与之同归于尽。在鼓轮怒驶冲撞日舰时，“致远”舰中鱼雷后顷刻沉没，邓世昌虽有救生圈和扎杆可以生存，他却“宁为玉碎，毋为瓦全”，随着波涛而去。

强烈的忧患意识

忧患意识是人类从实践中升华出来的一种思维方式，是在不断变化着的社会实践中，面对各种矛盾和潜在的危机，逐渐积累并发展起来的对国家和民族命运产生危机感。它体现“天下兴亡，匹夫有责”的历史使命感。每当帝国主义列强侵入中国，忧患意识便成为激发志士仁人和一切爱国者抗击侵略，维护国家独立力量源泉。邓世昌就是这样一位自觉关注国家和民族命运、维护国家尊严的近代民族英雄。邓世昌在治军中，怀有强烈的忧国忧民的忧患意识。经常在官兵面前说：“在军激扬风义、甄拔士卒。遇忠孝节烈事，报国表扬，凄怆激楚使人零涕。”号召官兵向爱国志士仁人学习。他对官兵亲如手足，同甘共苦，不武断专横，以一片爱国热忱唤起他们的爱国情怀。他教育官兵认识死的意义：“人谁不死，但愿死得其所耳……”。“吾辈从军卫国，早置生死于度外……”，“然虽死，而海军声威弗替，是即所以报国也！”多么感人啊！只有深怀爱之心，深感国家危亡的人，才能发出这些震耳欲聋的声音。邓世昌忧患意识还表现在“治事

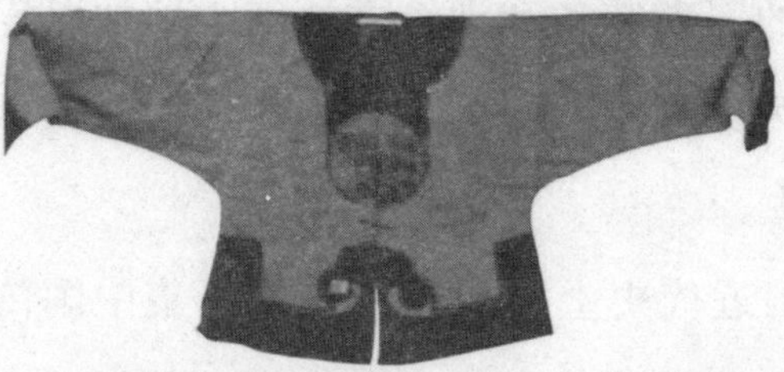

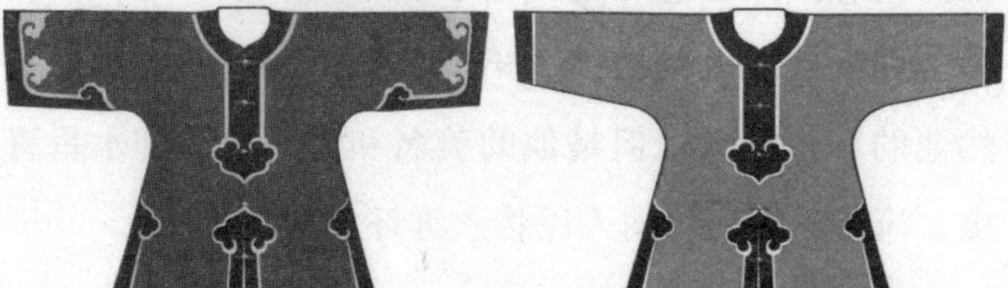

北洋水师号衣

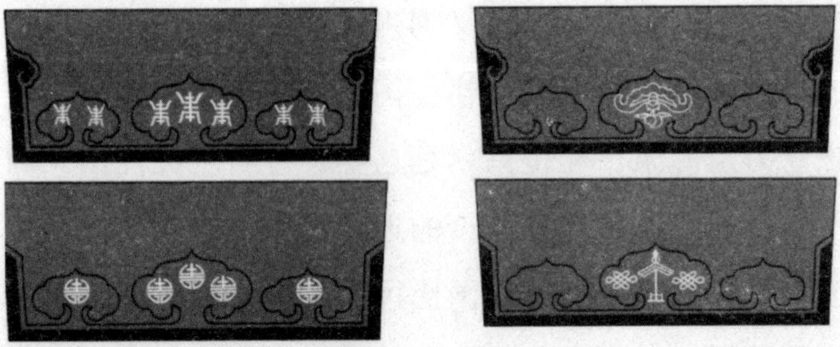

北洋水师号衣标志

精勤”。1880年底，当他第一次被派到英国接“超勇”“扬威”两艘快船，他利用这次机会游历英国海军的主要基地、港口，参观英国皇家海军学院，研究英国海军的发展历史，还专程去伦敦的特拉法尔加广场，瞻仰海军名将纳尔逊高大的雕塑像。在参观英、法、德各国海军营垒时，悉心学习外国先进的军事技术和经验，将这些国家的军事装备和训练方法细心地加以比较，各取其长，为己所用。回国后，他向炮船督操丁汝昌建议改革阵法。

邓世昌是中国近代史上一位民族英雄，集中国传统的精忠报国思想与近代科学技术知识于一身，不愧为中国近代军人的楷模，不愧为岭南人民的先贤。虽然他的一生短暂，但是他的英名和光辉业绩却永垂青史、流芳千古。岭南人民将永远怀念他。

T拓展阅读 TUOZHAN YUEDU

邓世昌衣冠冢

邓世昌衣冠冢现位于广州天河公园内，原在天河区沙河镇天平架石鼓岭，现沙河农械厂内。清光绪二十年（1894年），邓世昌殉国后，遗体无法找回，其家属于是年冬在沙河天平架石鼓岭邓氏家族墓地为其建衣冠冢，位在墓地西南边，为传统山手墓，墓形为拢环墓，平面巳形。碑刻“光绪廿年仲冬吉日，皇清诰封中军副将邓壮节公之墓，邓荫德堂四房子孙立石”。墓中原有连州青石墓碑，年久失修，墓地已荒芜。1984年邓世昌殉难90周年纪念之际，有关部门及邓氏后人清除覆盖墓地之土层，对该墓的墓碑、拜桌、界石等进行修复，并将邓世昌部分遗物再葬于此。1994年9月，市政府决定出资将其迁葬于东郊公园（今天河公园）气鲩岗上，仍为清制墓冢。新墓占地面积600多平方米，前临湖水，后依山丘。墓前竖有广州市政府勒石的“邓世昌墓重修碑记”和重刻的清

拓展阅读 TUOZHAN YUEDU

御赐祭文，并建一座邓世昌全身塑像，基座前刻“民族英雄邓世昌”，后刻邓生平事迹。墓碑新立，碑文内容基本如旧墓。墓左立有广州市人民政府和天河区人民政府迁建邓世昌墓碑记，墓右立有清光绪二十年（1894年）的御赐碑文。今墓碑是按原碑文及大小用花岗石复制的，高0.85米，宽0.4米，上款刻署“光绪廿年仲冬吉日”，中刻“皇清浩封申军副将世昌邓壮节公之墓”，下款刻署“邓荫德堂四房子孙立”，右上角嵌邓世昌的瓷像及生卒年份。墓前置花岗石“邓府拜桌”，墓地四周竖“邓府地界”的石标志，在邓世昌殉国100周年时落成。在天平架的邓氏族人墓，亦同时迁葬于邓世昌墓之西侧。

丹东大鹿岛中华民族英雄邓世昌墓

忠烈参天浩气长存

邓世昌牺牲后，举国上下，莫不痛悼。光绪帝垂泪撰联“此日漫挥天下泪，有公足壮海军威”，并赐予邓世昌“壮节公”谥号，追封“太子少保”，入祀京师昭忠祠，御笔亲撰祭文、碑文各一篇。光绪皇帝还派钦差大臣到广东安抚其家属。清廷还赐给邓母一块用1.5公斤黄金制成的“教子有方”大匾，拨给邓家钱粮以示抚恤。

左：英勇牺牲的“经远”舰管带林永升；中：指挥黄海大战的北洋海军提督丁汝昌；右：北洋舰队“致远”舰管带邓世昌。

T 拓展阅读 TUOZHAN YUEDU

为国壮烈捐躯的北洋水师将领群像（塑像）

清光绪帝撰写的《御赐祭文》

朕惟：伏波横海，具折冲千里之威；劲草疾风，标烈士百年之节。哀国殇于授命，颁彝典以荐馨。尔提督衔记名总兵邓世昌，识洞韬钤，材雄超距。帆樯练技，究风涛沙线之殊形；

闽粤筹边，奋虎阚龙骧而奏绩。洊跻副阃，荣口翠羽之辉；肇锡嘉名，勇冠熊桓之旅。属以潢池告警，因而辽海移军。爰统师千，远清妖孽。楼船风驶，仰汉将之如飞；金石雷殷，攻倭艘而屡破。方冀舰枪迅扫，表海尘清；讵期锋镝亲撄，前军星陨。沉沧海而不悔，矢舍命以全忠。葬蛟鳄之腹中，血三年而成碧；戳鲸鲵于地下，魄千载而犹雄。用褒死事之勋，特著易名之典。於戏！臣心不二，抒浩气而壮山河；大节在三，留英光以争日月。钦兹芬苾，慰尔忠魂！

清光绪帝撰写的《御赐碑文》

朕惟：卫社稷以执干戈；马革慰沙场之志。听鼓鼙而思将帅，龙纶宣滄浪之恩。雕俎既陈，螭文式焕。尔提督衔记名总兵邓世昌，素娴韬略，荐握戎符，统战舰而著勤，实海军之肇造。重瀛涉险，叶丈人地水之师；绝徼策勋，媲壮士天山之箭。膺懋赏而荣口孔翠，锡勇名则队

拓展阅读
TUOZHAN YUEDU

肃虎貔。属敌骑之披猖，值句骊之告警。取兵辽海，瞻星斗而识哥舒；纵火长江，催艨艟而推公理。奋击则寡能敌众，冲锋则义不顾身。军可撼山，期折蚩尤而献馘；心愿盟水，甘从海若而捐躯。迨遇救而获生，终自沉而效死。虫沙何处，沧波招烈士之魂；鲸筑未伸，赍志宜贞珉之勤。谥之壮节，表厥名称。於戏！誓扫旄头，经百战而风云变色；身骑箕尾，炳千秋而竹帛流光。特峙穹碑，渥承宠命。

为国壮烈捐躯的邓世昌及北洋水师官兵（塑像）

李鸿章在《奏请优恤大东沟海军阵亡各员折》中为其表功，说："……而邓世昌、刘步蟾等之功亦不可没者也"。

据不完全统计，全国军政各界写了徕文5篇，挽诗挽词5篇，挽联152幅，挽幛299幅（以上均系邓世昌长孙邓小峭手抄珍藏，后传至邓立英）。另据其他史料记载，各地官民还写了祭文174篇。其家人把邓世昌从军前遗留的衣冠装入棺中，葬于广州市郊沙河区天平架石鼓岭，当地群众叫邓家山。

邓氏宗祠内景

拓展阅读
TUOZHAN YUEDU

悼念邓世昌的挽联

此日漫挥天下泪；
有公足壮海军威。

惟公不生惟公不死；
与船俱存与船俱亡。

热血洒东沟千载怒涛应揖伍；
忠魂依北阙九原遗恨未平倭。

战局不堪言余恨空赍填海志；
忠魂如可作大呼犹听渡河声。

不济以死继之至今毅魄如生问逃溃诸军能勿赪颜惭义犬；

此仇必可复也终在人心未丧冀英灵在世誓将赤手扫长鲸。

臣为国死弟为兄死仆为主死大节萃一门更能义感灵夔力挽颓波留正气；

帝鉴其忠士服其忠敌畏其忠丹心照千古想见魂为厉鬼踏平沧海奋神威。

正气航乾坤自从童稚涉鲛洋半生秉节辛勤矢怀伸臂撑天华厦间千秋留伟业；

大星沉渤澥岂独褒嘉闻风诏四海同声太息遂叹捐身报国东沟上万古吊忠魂。

邓氏宗祠

次年，光绪皇帝踢白银10万两，用来修建邓世宗祠。宗祠大门两侧楹联是："云台功首，甲午名留。"1897年，又赏给邓母金匾额一方，以示旌表。威海百姓为了永远纪念这位著名的民族英雄，于环翠楼公园的中堂供立了邓世昌的木主，挂邓世昌肖像。荣成百姓还在成山头日主祠内供立邓世昌木服像，岁时祭祀，表达了沿海渔民百姓对邓世昌的敬仰与怀念之情。

拓展阅读 TUOZHAN YUEDU

邓世昌牺牲后举国震动，邓家用此款在原籍广东番禺为邓世昌修了衣冠冢，建起邓氏宗祠。威海百姓感其忠烈，也于1899年在成山上为邓世昌塑像建祠，以志永久敬仰。1996年12月28日，中国人民解放军海军命名新式远洋综合训练舰为"世昌"舰，以示纪念。

赐予邓世昌的匾额"德龄扬烈"

邓世昌航海逸闻

一提起沉没于黄海大鹿岛一带的“致远”舰，人们就会情不自禁地想起其管带（舰长）邓世昌。因为，邓世昌在黄海海战中指挥“致远”舰英勇杀敌、为国捐躯的壮举，国人早已是家喻户晓，妇孺皆知。相比之下，对邓世昌投身海军多年在航海上的一些事，人们却知之不多，这在某种程度上也影响了对他的全面了解。其实，邓世昌不仅是一位名传千古的民族英雄，还是一位擅长测量与驾驶的优秀航海家。

化险为夷海洋岛

邓世昌自1871年以优异成绩从福州船政学堂毕业后，先是在南方的几艘军舰担任过管带，于福建、台湾一带“徽循海口”，扼守澎湖、基隆要塞，为保卫东南沿海做出了贡献。

1880年，清政府大力筹办北洋水师。北洋大臣李鸿章久闻邓世昌“熟悉管驾事宜，为水师中不易得之材”，便将他调到北洋水师，任“飞霆”舰管带。不久，清政府向英国订购的“镇东”“镇西”“镇南”和“镇北”4艘炮舰抵华。为加强北洋防务，4艘军舰全部拨给了北洋水师，邓世昌又被调任“镇南”舰的管带。

话说这年秋季，北洋水师新聘任的总教习英国人葛雷森率上述4艘军舰巡弋渤海和黄海。秋季的渤海、黄海正是风大浪高之时，4艘400吨级的“镇”

北洋水师“镇海”号舰炮船

字号炮舰在大海中航行犹如一叶扁舟，一会儿被抛上浪峰，一会儿又被撤下浪谷。一连几天在风浪中的强烈颠簸，水手们个个都吃睡不好，疲劳憔悴，待军舰行驶到黄海北部的海洋岛时，才有了轻松之色。因为眼前的海洋岛上有多座高大的山峰，它们挡住了强劲的秋风，使海洋岛湾风平浪静，成为舰船锚泊停靠的理想之所。可就在这时，只听“嚓”的一声尖响，一件意想不到的事情发生了——“镇南”舰触礁了。这突如其来之事，顿使“镇南”舰上的水手们惊呆了，一个个都惶恐地看着上任不久的邓世昌，为他捏着一把汗，企盼他能将军舰救出，否则后果将不堪设想。众目注视下，只见邓世昌沉着镇定地伸手拉响了警报，然后就以他高超的指挥水平和娴熟的驾驶技术，使“镇南”舰即刻离礁脱险，从而避免了一场军舰毁损的重大事故。

鼓轮疾驶仁川口

日本自1868年“明治维新”后，一再侵略中国和朝鲜。1882年，朝鲜发生了“壬午兵变”，政局动荡，日本借机派舰出兵，欲扩大事态。面对日本的派舰出兵，朝鲜政府急请中国应援。清政府令北洋水师提督丁汝昌率兵舰3艘和浙江提督吴长庆所部淮军6营赴仁川应变。仁川位于朝鲜半岛西海岸的中部，距汉城（今首尔）30多千米，是汉城（今首尔）的门户，战略地位十分重要。丁汝昌在接到赴朝令后，即命北洋水师的“超勇”“扬威”和“威远”3艘军舰升火起锚，横穿黄海，急赴仁川。而此时，日本的军舰也向仁川急驶而来。中日双方都清醒地意识到谁的舰队能早到仁川，谁就会在朝鲜的事务中占据优势和主动。时任“扬威”舰管驾的邓世昌，深知此行赴朝任务的紧急和重大。为领先于日舰，他恨不能将驾驶的军舰跃海腾空，变成一支飞箭直抵仁川。航行途中，邓世昌阅海图、测航道，与全舰官兵全力以赴，使“扬威”舰“鼓轮疾驶，迅速异常，逸赴仁川口”，终于“较日本兵船先到一日”，日兵后至，争仁川口门不得入而罢，扩大侵略朝鲜的计划只好破产。在这场中日两国海军的竞逐仁川中，“扬威”舰神速领先，为清政府遏制日本的侵略立了头功。驾舰的邓世昌亦因功被赏赐“勃勇巴图鲁”称号。（巴图鲁，满语“勇士”之意；晋游击，意为“扬威”舰的管驾升任管带。）

西行归来搏风浪

1887年8月，清政府向英、德两国订购的巡洋舰“致远”“靖远”和装甲炮舰“经远”“来远”竣工，李鸿章奏派邓世昌、叶祖珪、林永升和邱宝仁等将领率水手赴欧接带4艘军舰回国。大清国的龙旗在大西洋上飘扬。北洋水师的官兵们驾驶着全新的战舰，犁开万顷波涛，开始了心驰神往的驶回东方古国的万里远航。当"致远"等舰越过比斯开湾抵达西班牙海岸时，邓世昌一行人离舰登岸。待乘舢板返回在海中等候的军舰时，海上骤然间狂风大作，巨浪加山，海水扑入舢板，将人们的衣袂全部打湿。小小的舢板在狂风巨浪中剧烈地摇晃打转，随时都可能船翻人亡。危急关头，邓世昌临危不惧，他亲自把舵，斜迎着涛头，排浪前进，终将舢板巧妙地靠上了"致远"舰侧。登舰

北洋水师"威远"号舰船官兵

后，同舶板人的衣服还在滴水不止，险些被狂涛骇浪吞噬的水手们额手称庆，无不赞佩邓世昌高超的驾船技术。“致远”舰到地中海时，因水手添煤过多，烟筒冒火，“致腾烈焰，邓参戎令开火门，塞灰洞，立止”，保证了单舰的安全航行。穿过苏伊士运河和红海，舰队进入了印度洋。在印度洋里，有一段航程十分危险，只见南北潮头激撞，海浪陡起高达几十米，如道道水墙狂涌咆哮着向军舰砸来。以往行船经过航海险区，都要依赖外国教习，可这次“邓参戎扶病监视行船”，根本未去仰随船“洋员”的鼻息，指挥军舰安全驶过，使出洋接船的北洋水师官兵们都深受鼓舞。

在几个月的归航途中，邓世昌还多次指挥北洋水师的官兵们沿途操演海战的各项科目，“终日间变阵必数次”，“时或操火险，时或操水险，时或作备攻状，时或作攻敌计”，使全体出洋将士得到了很好的锻炼。时人著文说“邓军门督率诸艺士，使船如使马，鸣炮如鸣铺，无不洞合机宜”，这确是公正恰当的评价。在邓世昌等人的指挥下，“致远”等4艘军舰官兵一路搏击风浪，行经大西洋、印度洋和太平洋，战胜了重重艰难险阻，终于在1887年冬顺利驶抵福建厦门，圆满地完成了接舰回国的使命。1888年春，“致远”等4艘军舰在渤海坚冰融化后，又北上到达了北洋水师驻守的天津大沽口。北洋水师由于增添了“致远”“靖远”“经远”和“来远”这4艘全新的战舰，实力大增。同年9月，北洋水师正式成军，成为世界闻名、亚洲首屈一指的大舰队。邓世昌亦因从欧洲接舰回国有功，被奏以副将补用，加总兵衔，管带“致远”舰。从此，他就驾驶着“致远”舰驰骋祖国的万里海疆，直到1894年9月17日在中日甲午海战中壮烈牺牲。

邓世昌是一位极富爱国精神、英勇善战而又十分精通航海与海军业务的优秀将领。他虽然没有出洋留过学，但他多年治军海上，以学自娱。“治事精勤，恒若夙癖”，因此仍“西学湛深”，为北洋水师许多出洋留学人所敬服。他从南方海军被调赴北洋水师，并在北洋水师中一再晋升，终至当上“致远”这样重要军舰的管带，靠的就是在平日训练、执行任务和从外国接舰回国等方面展露出的航海与海军业务才华。高尚的爱国精神和出色的业务才华，对邓世昌的成长来说是相辅相成、不可缺少的两个方面。今天，人们要很好地了解邓世昌，必须认识这一点。

拓展阅读 TUOZHAN YUEDU

甲午海战纪念馆

“甲午海战纪念馆”坐落于威海刘公岛码头东200米，是一处以建筑、雕塑、绘画、影视等综合艺术手段展示甲午海战悲壮历史的大型纪念馆。

刘公岛上威震海疆的军舰大锚

该馆由序厅、北洋水师成军、颐和园水师学堂、半岛海战、平壤之战、黄海大海战、旅顺基地陷落、血战威海、尾声厅等9个部分组成，再现了北洋水师从成军到覆没的全过程。馆内以电、光、声等现代科技营造的氛围，生动逼真，游人置身其中，耳闻目睹甲午战争的惨烈与悲壮。整个海战馆气势宏大，外形有如几艘互相撞击穿插的船体，坐落在当年旗舰定远号搁浅的地方，悬浮于海上。18米高的主体建筑上塑造了一尊15米高的北洋海军将领像，为国内人物雕塑之最。

人情世故通达的高级军官

邓世昌在那批新式军官中年龄最大，而最小的是后来清军最后一代海军军门——萨镇冰。同时，邓世昌也是唯一有社会经验的学员。在加入马尾学堂成为军人之前，邓世昌是一个商人，而且是一个港商，他的人情练达超过了他所有的同学。

邓世昌在北洋水师中，本来有着先天的不足。他籍贯广东，是北洋水师舰长中唯一的非闽籍汉族军官。而北洋水师中福建人的排外，是连丁汝昌也头疼不已的事情。后来，海军始终被冠为“闽系海军”，就是从这个时候开始。

邓世昌能够和闽系军官们和睦相处，使他们对他较好地接纳。因此，他在同辈中能够脱颖而出，丁汝昌对他倚若心腹，这可以从邓世昌的头衔看出来。

甲午战争前夕，北洋水师的军官中，最高军官丁汝昌是海军中将提督，以下是刘步蟾、林曾泰两海军少将总兵。一般的舰长，都是海军上校（副将），比如“济远”的方伯谦，“经远”的林永升，军舰小的职位就更低些，比如“超勇”巡洋舰的舰长林履中，就是中校（参将），还有少校（守备）的，比如“平远”巡洋舰舰长李和。而邓世昌则比一般舰长要高，他的职务应该是海军准将（中军副将记名总兵），和杨用霖持平，地位仅次于李鸿章青眼关照的刘步蟾和林泰曾。而邓世昌的“致远”巡洋舰属于轻巡洋舰（快碰船），其实档次低于邱宝仁的“来远”和林永升的“经远”，它们都是重巡洋舰（炮塔舰），邓世昌能够得到这样的头衔，显然不是由于统带军舰的重要，而是因为他作为中军副将，带有参军长或副官长性质的职务和中枢

林永升塑像

邓世昌楷书八言联立轴

更为接近。如果他没有丰富的社会经验，署理这个位置是很难想象的。不过，也有说重用邓世昌为中军副将，或许清军上层有借此遏制闽籍将领的意思。

优秀的职业海军军官

如果仔细查找当时的文献，宣传材料中的邓世昌其实并不全面。真实的邓世昌是一个人情世故通达的高级军官。

值得一提的是，邓世昌、刘步蟾、林永升、杨用霖这4名优秀的中国第一批现代海军军官，全部在甲午战争中以身殉国。可见，在对军官的基本品质选择上，传统的教育和官僚体系，也自有它独到

北洋水师“致远”号巡洋舰

的地方。真实的邓世昌同时又是一个勇敢而严厉的军官。他练兵有方，勤奋过人，因出海常在大洋上进行演习而闻名，他带兵非常严格，甚至近乎苛刻。在大东沟海战前，他正在受到审查，理由就是治军太严，而“鞭打士兵致死”。他带船多年，事故率在北洋水师各舰长中最高，他担任镇字号炮舰舰长的时候，曾经在风浪中把军舰搁浅，担任“扬威”舰舰长的时候，有一次煤带的不足，在海上漂流了许久，还有一次因为不熟悉水情，螺旋桨叶片刮底受损。这些记录因为他另有敢作敢为的精神而没有影响他的升迁。但是作为舰长，邓大人也难辞其咎。

因此，邓世昌在水兵中被称为“邓半吊子”，意思大概是“太酷了”。北洋水师的官兵起外号挺有水平的，比如称方伯谦为“黄鼠狼”，就惟妙惟肖。

对邓世昌最后牺牲的描述其实并不十分清楚，比如他“扼犬浩叹”“义不独生”等义举，都只能是当时救援水兵的印象，是不可能派记者潜到水下找邓大人核实的。但是几乎所有人都忽略了两个重要的细节。

第一，邓世昌的致远舰为什么会身负重伤，舰身倾斜。那是因为邓世昌下令突出阵前，独自抵抗日海军本队和第一游击队的几乎全部炮火。他并不是疯狂，而是履行自己的职责。当时北洋水师摆成的队形类似一个八字，旗舰“定远”在最前面，因此顿成日

北洋水师的议事厅。这组雕塑生动地再现了1894年8月8日北洋水师主要将领召开军事会议的场面。

军集中炮火射击的目标，北洋舰队没有想到日军炮火如此准确和凶猛，顿时被打掉了指挥部，全军陷入混乱。邓世昌的“致远”在“定远”左侧后方，他的职务是“中军副将”，现在说法就是直属队的指挥官，他和其他舰长不同的责任就是救护和掩护旗舰。面对日军的狂攻，他毅然采用了一种富有个性的做法来完成自己的职责——冲出队前，升旗以吸引敌人火力。关于邓世昌升旗的目的还有一些争议，但基本结论是他并不是要接管指挥，而是升起类似将旗，或者类似日本海军Z字旗那样的旗帜，表示迎战。这一结果对“致远”舰是灾难性的，因为“致远”号属于英国制造的轻巡洋舰，装甲薄而机动灵活，但防御力是它的弱点。但是，它的牺牲换得“定远”“镇远”从最初的慌乱中清醒过来，重整旗鼓，如果不是丁汝昌这时已经负了重伤，此战胜负还很难料。邓世昌是尽到自己的职责了。

第二，邓世昌为什么去撞击“吉野”。弹药垂尽应该是文人的杜撰。真正的原因是邓世昌冷静地在采取里萨海战的撞击战术，这是甲午海战前最近的一次大规模海战，也是最能参考的吧。那一战，意大利人就依靠撞击一举改变了战局。当然，邓世昌无从知道这也是海战史上最后一次成功的主力舰撞击作战。这表现了邓世昌优秀的战术素养，他的“致远”舰速度是北洋舰队最快的，而且船首下暗藏冲角，他也了解对手，所以直扑日本巡洋舰“吉野”，而不是“比睿”这种装甲舰。“吉野”虽然火炮射速快，但是装甲较薄的英国军舰，如果真的撞上“吉野”，邓世昌应该是比较有把握送它到海底的。事实上，10年以后，“吉野”号也的确是被撞沉的，它被日本海军自己的战舰误撞，立即就沉没了，邓世昌选择目标相当的冷静。至于“吉野”号比“致远”号快，那不是问题，因为日军当时是首尾鱼贯阵，“吉野”是在队列之中，面对撞击它不能随便改变位置和航速，否则就有和前后的日舰相撞的危险。这相当于一个死靶子！确切地说，“致远”对“吉野”，不是“追”，而是“截”，所以，“吉野”就算快，也无法发挥它的机动优势。

中日甲午战争中的北洋水师官兵（铜像）

邓世昌铜像

“致远”舰是功败垂成，传统地认为它是被日军鱼雷击沉，而实际资料显示日军并没有在海战中发射鱼雷。当时的鱼雷水准很低，还不适合于攻击机动目标，中国“福龙”号雷击舰对“西京丸”的攻击也一样失败。此时的鱼雷，更适合攻击锚泊固定目标。由于“致远”舰的沉没太像典型的中雷沉没，所以现在的普遍看法是日军炮弹引爆了“致远”舰的鱼雷。

也许真实的邓世昌，才是有血有肉的。对他的评价，还是让清光绪帝给邓世昌写的诗句来说吧：“此日漫挥天下泪，有公足壮海军威。”

尽职清廉的仁义之官

在甲午海战的黄海战役中，邓世昌临危不惧、誓与敌人血战到底的英雄气概决不是一朝一夕所形成的。

他在青少年时代就富有爱国主义精神，为人“英气勃发”，“枉席波涛，不避风险”。邓世昌经常“在军激扬风义，甄拔士卒，遇忠烈事，极口表扬，慷慨使人零涕。”他曾对人说：“人谁不死，但愿死得其所耳。”丰岛海战后，他对部下将士曾言道：“设有不测，誓与日舰同沉户。”邓世昌言行一致，并以他的实际行动实现了保国卫民的远大抱负。

邓世昌在少年时代就发奋学习，即使在主持繁忙军务工作的间隙，仍然坚持博览群书，孜孜不倦，他收藏了大量有价值的书籍。他平素喜欢研究书法，尤其喜爱黄山谷的字画。一有时间就挥毫练习，从不间断，在书法的造诣上别具一格。

邓世昌为人光明磊落，胸怀宽广。他对长辈异常孝敬，对同辈亲属豁达。倘有亲友遇到困难，他都给予周济。家乡凡举办各种有益的活动，他都给予热情支持。

他带兵时关心士兵，能与士兵亲同手足，同甘共苦，关心群众疾苦。1887年，他从英国驾航回国经直布罗陀海峡时，一些被西班牙掠卖到那里的广东华工求见，恳切请求帮助他们。邓世昌非常同情他们的悲惨遭遇，答应带他们回国与家人团聚。回国途中，有一水手病故，如向英国人琅威尔报告，必会沉于大海。

水手们恳求邓世昌，不要将其投入大海。于是，邓世昌决定自己承担责任，按照中国的习惯，等靠岸后备棺安葬，使死者得到陆葬，使生者得到慰藉。邓世昌处处以身作则，刚直不阿，清正廉洁，为国捐躯后家无余财。

大鹿岛邓世昌塑像

拓展阅读 TUOZHAN YUEDU

大鹿岛邓世昌雕像

在月亮湾中部巍然屹立着邓世昌鲁青石雕像。邓世昌身着披风，左手按剑，右手执一支单筒望远镜，面向大海，昂首云天，雕像的基座前面，刻着“爱国名将邓世昌”7个字，背后刻着邓世昌英勇殉国的简要事迹。

由于大鹿岛海域就是甲午海战场，岛上又有邓公之墓和伟岸雕像，因而此岛就是一个博大的爱国主义教育基地，它像一部教科书摊放在黄海战场前。1988年以来，每年都有20多万人前来翻读这沉重的书页，温习中国近代史极其壮烈的一章。除全国30多个省市自治区的游客外，还有港、澳、台同胞、海外华侨以及日本、美国、韩国等国际友人。

威海邓世昌铜像

威海环翠楼，是与刘公岛隔海相望的一座古建筑。甲午战争以后，威海人民为了缅怀甲

拓展阅读
TUOZHAN YUEDU

雄视威海

午战争中英勇殉国的英烈，在环翠楼上把他们当做神像供奉。

1934年5月，著名爱国将领冯玉祥将军凭吊设有邓世昌、丁汝昌牌位的威海环翠楼时写下一副楹联：“劲节励冰雪，对万顷碧涛，凭此丹心垂世教；登临余感慨，望中原戎马，擎将热血拜乡贤。”

1939年8月20日的《申报》，上面记载着：“威海卫有一环翠楼，楼上中堂供奉着丁汝昌、邓世昌等爱国将领的肖像。”

1986年9月16日，山东省威海市政府和人民群众在环翠楼公园前举行了“民族英雄邓世昌铜像”揭幕仪式。这座铜像重3.5吨，底座由大理石砌成，形似“致远”舰首，连同底座高达10.2米。邓世昌塑像身穿披风，表情深沉，双手按着一把长长的带鞘的宝剑，十分威严。从红领巾到白头翁，无不在邓世昌高大的铜像前凝神仰看，在此凭吊留念。

威海邓世昌铜像

中华魂·百部爱国故事丛书
提 要

《誓与禁烟相始终——民族英雄林则徐》

林则徐严禁鸦片，坚决抵抗西方列强的侵略，坚持维护国家主权和民族利益。他是中国近代历史上第一位睁眼看世界的人，是抗击帝国主义殖民侵略的第一人，是中华民族抵御外侮过程中伟大的民族英雄。

《血洒虎门御敌寇——抗英将军关天培》

民族英雄关天培，在第一次鸦片战争中为了抗击英国侵略者的入侵而血洒虎门，为国捐躯，谱写了一曲可歌可泣的英雄赞歌。关天培用他的生命，书写了中国人民反抗外侮的历史。

《威震镇海靖节魂——抗敌英雄裕谦》

在第一次鸦片战争期间的众多牺牲者中，有一位官阶最高，他就是两江总督裕谦。裕谦与外国侵略者斗争立场坚定，与国内妥协派、投降派斗争态度坚决。裕谦督战镇海，与英国侵略军浴血奋战，临危不惧，以身报国，浩气长存。

《斩邪留正解民悬——太平天国领袖洪秀全》

农民出身的洪秀全，从失意文人到起义领袖，经历了长期的思想演变过程，在外敌入侵、清朝政府腐朽的历史环境之下，顺应时代的潮流，成长为一位非凡的历史英雄人物，建立了与清朝政府相抗衡的农民政权——太平天国。

《仰承汉唐　荟萃中外——近代数学家李善兰》

李善兰是我国19世纪重要的科学家之一，在数学、天文学、力学等方面都有重大建树。他继承了我国古代数学的成就，又以极大的热情传播西方科学文化，“仰承汉唐，荟萃中外”，把自己的一生献给了科学事业。

《严谨治学　勇于探索——近代著名数学家华蘅芳》

华蘅芳，中国近代数学家之一。其精通中国古算学，并熟练掌握西方近代数学，是中国验证抛物线并著书立说的参与者。为了证明“外国有的，中国也能造”而鞠躬尽瘁，在引进西方科学技术、传播科学知识上贡献卓著。

《折冲樽俎护山河——近代著名外交家曾纪泽》

曾纪泽是中国近代史上著名的爱国外交家，在中俄伊犁交涉事件中，他秉承抵抗列强、保卫国家的坚定意志，利用外交手段全力同沙俄抗争，捍卫了国家主权、民族尊严，收回了祖国的领土，在近代中国外交史上留下了光辉的一页。

《甲午海战留英名——民族英雄邓世昌》

邓世昌，北洋水师名将。本书以邓世昌的成长过程为线索，以代表性的历史故事为主要内容，还原真实的历史事件，突出鲜明的人物性格。邓世昌因在中日甲午海战中突出的英雄气概而名垂史册，书写了伟大的爱国主义篇章。

《誓与舰队共存亡——北洋水师提督丁汝昌》

丁汝昌处在清朝政府的腐朽和李鸿章的专断下，难以施展爱国的抱负，壮志未酬，愤恨而终。但丁汝昌为建立近代海军作出的巨大贡献，带领北洋舰队爱国官兵勇抗强敌的英雄事迹，将永远为后代所传颂。

《镇南关上凯歌扬——抗法老英雄冯子材》

1885年中法战争中，年逾古稀的冯子材为抵御外国侵略，勇赴国难，大败法军于镇南关，并乘胜追击，接连收复文渊、谅山等地，从根本上扭转了中法战争的局面，成为近代民族英雄的杰出代表。

《屡败法军逞英豪——黑旗军将领刘永福》

刘永福是黑旗军的创建者，是农民出身的杰出军事家、政治活动家。在19世纪发生的援越抗法、中法战争中，他率部与帝国主义侵略者进行了殊死的战斗，建立了卓越的功勋，成为我国近代史上著名的民族英雄，为后世所景仰。

《矢志变法强国家——戊戌变法领袖康有为》

康有为是清末民初最有影响力的思想家之一。他领导了中国知识界的启蒙运动，掀起了一场自上而下的政体改革。他最早在中国提出了立宪政体和具体的宪政方案，主张在坚持儒家传统和帝制的前提下，学习西方经验，他的进步思想对近代中国具有深远的影响。

《开民智以报国　普新知而图强——戊戌变法思想家梁启超》

梁启超，中国近代史上著名的政治活动家、启蒙思想家、史学家、文学家，戊戌变法领袖之一。本书以百日维新思想家梁启超的成长过程为线索，以代表性的历史故事为主要内容，还原真实的历史事件，突出鲜明的人物性格。

《我自横刀向天笑——维新志士谭嗣同》

谭嗣同在民族危机的严重时刻，投身改革救中国的洪流。为了带给祖国一个光明的未来，紧要关头，他挺身而出，用自己的鲜血激励后人，把宝贵的生命献给了变法事业。

《睡乡敢遣警世钟——用生命警策国人的陈天华》

陈天华是民主革命的活动家和宣传家。他写的《猛回头》《警世钟》等书，起到了革命启蒙的重大作用。为了激发留日学生的爱国情怀，他不惜投海自杀，演出了近代史上感人至深的一幕，给后人留下了难忘的印象。

《革命军中马前卒——民主斗士邹容》

革命乃“至尊极高，独一无二，伟大绝伦之一目的”；它是“天演之公例，世界之公理，顺乎天而应乎人”的伟大行动。因此，必须“仗义群兴革命军”。他激情高呼：“革命独子万岁！中华共和国万岁！”这就是《革命军》的作者，中国近代著名资产阶级革命宣传家邹容。

《休言女子非英物——鉴湖女侠秋瑾》

为民族解放和妇女解放而英勇斗争的秋瑾，冲破封建礼教的思想牢笼，打碎封建精神枷锁，崇仰真理，追求光明，主张共和，坚持男女平等，最终献出了自己年轻的生命。

《血溅校场　杀身成仁——民主斗士徐锡麟》

本书讲述了反清志士徐锡麟弃文从武、投身反清革命事业，最终被清政府杀害的故事。出于对国家的热爱，徐锡麟献出自己的生命，他的事迹将永远激励后人深切缅怀这位民主革命的先驱。

《生可死耳　我志长存——献身民主的禹之谟》

禹之谟，民主革命党人，同盟会会员，近代资产阶级革命家、实业家。1886年，20岁的禹之谟“提三尺剑，挟一卷书”游历四方，研究西方社会政治学说，忧国忧民之心日趋强烈。戊戌变法失败，他丢掉改良幻想，倡革命救亡之说，走上民主革命道路。

《物竞天择　适者生存——资产阶级启蒙思想家严复》

严复是中国近代著名的启蒙思想家、翻译家和教育家。他长期从事教育和翻译事业，为近代中国人才培养和思想启蒙做出了重要贡献，同时他也为中国的翻译事业和中西思想文化交流做出了重要贡献。

《辛亥革命急先锋——资产阶级革命家黄兴》

黄兴，清末民初资产阶级革命家，中华民国开国元勋。黄兴在武昌首义及辛亥革命时期的爱国表现，与孙中山闻名于当时，常被时人以“孙黄”并称。本书以资产阶级革命活动实干家黄兴的成长过程为线索，歌颂了先辈伟大的爱国主义精神。

《矢志革命　百折不回——近代民主革命家廖仲恺》

廖仲恺追随孙中山踏上了创立民国与捍卫共和制的旧民主主义革命

之路；在新民主主义革命时期，他为建立、巩固首次国共合作和实施三大政策，英勇奋斗，为国殉职，洒尽了一腔热血。

《将军拔剑南天起——护国英雄蔡锷》

蔡锷是中国近代史上的杰出军事家、爱国者。他的一生短暂而伟大。辛亥革命爆发，他毅然投身于革命洪流之中，领导云南重九起义，对武昌起义积极响应。袁世凯窃国复辟、恢复帝制的阴谋暴露出来以后，他又毅然举起了武装讨袁的旗帜。

《反帝反封建运动——五四青年的爱国故事》

五四运动是一次伟大的反帝反封建的爱国运动；是一个伟大的历史转折点；是中国人民的斗争从挫折走向胜利的一个关节点，它为中国的前进开辟了一条全新的道路，拉开了中国新民主主义革命的序幕。

《思想自由　兼容并包——著名教育家蔡元培》

蔡元培是中国近现代著名的民主革命家和教育家，一生经历风雨，却始终信守爱国和民主的政治理念，致力于废除封建主义的教育制度，奠定了我国新式教育制度的基础，为我国教育、文化、科学事业的发展做出了富有开创性的贡献。

《为国家争光　为民族争气——中国铁路之父詹天佑》

詹天佑是我国最早的杰出铁道工程师，因主持建造京张铁路而闻名中外，被誉为“中国铁路之父”。他为祖国的铁路事业贡献了毕生的精力。本书向读者展示了詹天佑热爱祖国、科技兴国的辉煌人生。

《实业救国　衣被天下——轻工之父张謇》

张謇是爱国实业家、教育家。他年轻时中过状元。过了40岁，开始投身工商实业活动中，他的名言是“富民强国之本在于工”。在南通，创办大生丝厂、银行等各种实业。并将创办实业的大部分所得投入教育。他的观点是，教育和实业一样，也是“富强之大本”。

《心向革命　追求光明——平民将军冯玉祥》

冯玉祥将军“是一位从旧军人转变而成的坚定的民主主义战士”。

抗日战争期间，他辗转各地，用实际行动积极抗战。日本战败投降后，他为了断绝美国的援蒋内战，又在美国四处演说，揭露蒋介石统治之黑暗，痛斥美国阴谋分裂中国的不良行为。

《刑场上的婚礼——革命烈士周文雍　陈铁军》

周文雍是广州起义的主要领导人之一。陈铁军出身于华侨商人家庭，却毅然投身革命洪流。1928年1月，两人接受派遣，回到广州假扮夫妻从事革命斗争，却不幸被捕。临刑前，两位烈士将敌人的枪声当作自己婚礼的礼炮，用生命和爱情谱写出一曲千古绝唱。

《星星之火　可以燎原——井冈山斗争的故事》

1927—1929年，毛泽东、朱德等老一辈革命家，在井冈山创建了农村革命根据地，进行了艰苦卓绝的斗争，建立了新型革命武装，点燃了工农武装革命之火，找到了农村包围城市最后夺取政权的中国革命的正确道路。

《新民学会的主要发起人——中国共产党早期革命家蔡和森》

蔡和森青年时期曾与毛泽东等人一起组织进步团体新民学会，参加五四运动，并在赴法国勤工俭学时研读大量马克思主义著作，回国后以满腔热忱投身革命事业，成为中国共产党早期重要的理论家和宣传家。

《威震黄浦江畔　高奏抗日壮歌——一·二八淞沪抗战》

面对日本侵略者的挑衅，十九路军在蒋光鼐、蔡廷锴的带领下，高举义旗，奋力一搏。一·二八淞沪抗战，是中国军人捍卫军人荣誉和祖国尊严所发出的吼声，谱写了一曲抗击日军侵略的英雄壮歌。

《将军恨不抗日死——慷慨就义的吉鸿昌》

在国难深重的20世纪30年代，吉鸿昌将军因拒绝执行国民党指示，坚决不打内战，被迫携眷出国“考察”。回国后，他加入中国共产党，组织了民众抗日同盟军，英勇打击日本侵略者，后于1934年11月被国民党反动派杀害。

《献身革命　甘于清贫——梅岭忠魂方志敏》

大革命失败后，方志敏凭着“两条半步枪”起家，身经百战，创建了赣东北革命根据地和红十军。本书真实记录了方志敏投身于革命、领导红军和敌人进行艰苦卓绝斗争的经历，歌颂了烈士贫贱不移、威武不屈、献身革命的高尚品质。

《奏响中华最强音——人民音乐家聂耳》

聂耳在他有限的生命中创作了数十首革命歌曲，在抗日救亡运动中，聂耳的这些歌曲产生了广泛深远的影响。他的音乐创作为中国无产阶级革命音乐的发展指明了方向，树立了榜样。

《横眉冷对千夫指——中国文化革命主将鲁迅》

鲁迅不但是伟大的文学家，而且是伟大的思想家和伟大的革命家。在那风雨如晦的黑暗年代里，他以笔为投枪，同一切帝国主义和反动派进行了顽强的战斗，为中国人民树立了一个不朽的丰碑。他是新文化战线上的一面光辉旗帜，是我们伟大民族的灵魂。

《铁流两万五千里——红军长征的故事》

红军长征是人类历史上的一次伟大的壮举。第五次反“围剿”失败后，中国工农红军的三大主力在极端艰难的条件下，突破国民党军队的围追堵截，进行了史无前例的战略大转移，总行程达两万五千里以上。途中发生了许多动人故事，至今令人难以忘怀。

《荣辱不移革命志——创建陕北红军的刘志丹》

刘志丹是杰出的无产阶级革命家、军事家，西北红军和西北革命根据地的主要创始人之一。他一生热爱人民，追求真理，英勇善战，百折不挠，艰苦奋斗，忠心赤胆，为创建红军和革命根据地、为中国人民的解放事业建立了不可磨灭的功勋。

《英名永存北平城——爱国将领佟麟阁　赵登禹》

1937年7月28日，日军向北平郊区发动进攻。第二十九军副军长佟麟阁奉命在南苑率部与日军苦战，腿部受伤，头部被敌机炸伤，壮烈殉国。第一三二师师长赵登禹指挥部队顽强抵抗日军，右臂中弹负伤，仍继续作战。后在转移途中遭日军截击而牺牲。

《八百壮士　四行仓库铸军魂——谢晋元和他的战友们》

八一三抗战，中国军人以血肉之躯揭开全面抗战的帷幕。这是一场血战，是中国军人不屈不挠的英雄诗篇，其中的八百壮士守四行，成为这首英雄颂歌中最动人、最凄美的音符。一曲四行保卫战，铸就了不屈的军魂。

《八女投江　气贯长虹——八位抗联女战士》

抗日战争时期，以冷云为首的东北抗日联军8名女战士，为捍卫民族尊严，面对凶残的日寇，镇定自若，宁死不屈，投江殉国，表现了中华民族同敌人血战到底的英雄气概。她们的光辉形象，激励着千千万万的后来人。

《艰苦抗战　威震敌胆——著名抗日英雄杨靖宇》

杨靖宇将军是我国著名的抗日民族英雄。曾先后担任磐石游击队政治委员、东北抗日联军第一军军长兼政委、抗日联军总司令等职。领导军民对日寇坚持了长达9个年头的艰苦卓绝的斗争，最终以身殉国。

《死也不当亡国奴——镜泊抗日英雄陈翰章》

陈翰章，从1932年8月投笔从戎，直到1940年12月8日为抗击日本侵略者，战死在镜泊湖畔。他在抗日疆场上奋战了九年，他那可歌可泣的英雄事迹将为人们永世传颂。

《名将殉国　气壮山河——抗日将军张自忠》

著名抗日将领、民族英雄张自忠，生于忧患的时代，抱有“宁为百夫长，胜作一书生”的志向，经历过失败与低谷，最终成就了慷慨人生。本书主要以人物活动为主，勾画出一个真正的“民族魂”鲜活的人生，会带给读者振奋的力量。

《宁死不辱战士名——狼牙山五壮士》

1941年日寇在河北易县“扫荡”。为掩护群众和主力部队撤退，五位八路军战士毅然把敌人引上了狼牙山棋盘坨峰顶绝路。弹尽粮绝、无路可退，五位英雄纵身跳下了万丈悬崖，用生命和鲜血谱写出一曲惊天地泣鬼神的壮举。

《太行浩气传千古——抗日名将左权》

左权，中国工农红军和八路军高级指挥员，著名军事家。是八路军在抗日战场上牺牲的最高指挥员。名将阵亡，太行山为之垂首，全党为之悲痛。周恩来称他“足以为党之模范”，朱德赞誉他是“中国军事界不可多得的人才”。

《虎将兴关外　抗倭统雄师——抗联英雄赵尚志》

本书描写了久经考验的共产党员、东北抗联的创建者和主要领导人赵尚志，在艰苦卓绝的条件下，坚持抗战，威震敌胆，战功卓著，忍辱负重，忠贞不屈，为国捐躯的英雄故事，为青少年读者呈上一部爱国主义的佳作。

《黄埔之英　民族之雄——抗日名将戴安澜》

抗日名将戴安澜，先后参加保定、漕河、台儿庄、武汉、昆仑关等战役，作战英勇，屡建奇功；入缅作战，“扬威国外，藉伸正义”；守东瓜，复棠吉；殒身缅北，遗恨丛林，马革裹尸，成就了光辉的一生。

《爱国志士　民主先锋——新闻出版家邹韬奋》

本书讲述了邹韬奋献身新闻出版事业的奋斗历程，展现了一位新闻工作者坚定的革命信念和炽热的爱国主义精神，全心全意为人民服务、为读者服务的奉献精神，歌颂了他的高尚情操和优良品质。

《为抗战发出怒吼——人民音乐家冼星海》

人民音乐家冼星海，青年时期在巴黎求学，饱尝屈辱与磨难；学成后毅然回到多灾多难的祖国，用满腔热忱谱写激昂的音乐，鼓舞中华儿女的斗志；奔赴延安，谱写出不朽的名作《黄河大合唱》，发出中华民族抗日救亡的怒吼。

《全民皆兵　抗击日寇——抗日战争的故事》

中国人民进行的十四年抗战，是一百多年来中国人民反对外敌入侵第一次取得完全胜利的民族解放战争。这场战争是以国共两党合作为基础，有社会各界、各族人民、各民主党派、抗日团体、社会各阶层爱国人士和海外侨胞广泛参加的全民族抗战。

《捧着一颗心来　不带半根草去——人民教育家陶行知》

陶行知是我国现代教育史上伟大的人民教育家、教育思想家。他从青年起就立志献身教育事业，以“捧着一颗心来，不带半根草去”的赤子之心，为人民的教育事业鞠躬尽瘁。

《为民主与和平拍案而起——民主斗士闻一多》

闻一多早年与梁实秋等人发起成立清华文学社。赴美留学期间由对祖国的深深眷恋而创作著名的《七子之歌》。后在西南联大任教8年，积极投身于抗日运动和争取民主的斗争，发表了著名的《最后一次讲演》。

《铁窗难锁钢铁心——革命先烈王若飞》

王若飞是我党早期杰出的无产阶级革命家。在艰苦卓绝的斗争中，他出生入死，屡建奇功，以超人的睿智和胆略，在敌人的监狱中，同敌人展开了殊死的较量，为抗战的胜利和新中国的诞生做出了卓越的贡献。

《横扫千军　还我河山——抗联名将李兆麟》

李兆麟是东北抗日联军创建人之一，他率领抗日联军历尽千难万险与日本侵略者浴血奋战，在极其艰苦的条件下，保存了抗日联军的有生力量，为东北光复做出了重大贡献。

《锄头开出新天地——解放区大生产运动》

为了解决困难，渡过难关，党中央号召党政军民齐动手，开展大生产运动。中国共产党在其控制区域内发动的一场军队屯田和鼓励生产的群众运动，达到了自己动手丰衣足食，共度难关，既进行革命又进行生产自足的目的。

《生的伟大　死的光荣——女英雄刘胡兰》

刘胡兰，坚贞不屈的少年女英雄。生前对我国劳动人民的解放事业无限忠诚，在敌人威胁面前，大义凛然，毫无惧色，英勇牺牲，表现了共产党员的高贵品质。

《饿死不领美国救济粮——爱国知识分子的楷模朱自清》

朱自清作为爱国知识分子的典型，以锐利的笔锋直言痛斥反动政府的暴行，体现了他崇高的爱国情怀和不畏恶势力的精神品格。毛泽东曾给朱自清先生以高度评价："一身重病，宁可饿死，不领美国的'救济粮'"，"表现了我们民族的英雄气概"。

《为了新中国前进——舍身炸碉堡的董存瑞》

伟大的英雄，中国人民的儿子董存瑞，从儿童团长成长为一名光荣的解放军战士，在1948年解放隆化县城时，舍身炸碉堡，为新中国献出了自己年轻的生命。他的英雄形象永远留在人民心里。

《宁死不屈的共产党员——革命烈士江竹筠》

江竹筠，就是著名的江姐。1947年春，她负责《挺进报》工作，只几个月的时间，报纸就发行到1600多份，引起了敌人的极大恐慌。由于叛徒出卖，江姐不幸被捕，惨遭毒刑的残酷折磨，仍坚贞不屈。最后被特务秘密枪杀，年仅29岁。

《抗美援朝　保家卫国——志愿军的战斗故事》

抗美援朝战争是中国人民志愿军为援助朝鲜人民、保卫祖国安全，与美国为首的"联合国军"发生的战争。在朝鲜牺牲的志愿军烈士们，他们英勇的战斗事迹、保家卫国的精神值得我们发扬光大。

《上甘岭上壮烈歌——黄继光和他的战友们》

在1952年10月的上甘岭战役中，黄继光和他的战友们在零号阵地半山腰被敌机枪火力点压制，此时，黄继光身上已经多处负伤，手雷也已全部用光。为了完成任务，减少战友的伤亡，他用自己的胸膛堵住正在扫射的敌机枪射孔，为反击部队扫清了前进的道路。

《诗书印画　全入神品——国画大师齐白石》

齐白石出身贫寒，做过农活，当过木匠，后改学雕花木工，从民间画工入手，摹古人真迹，学诗文书法，融汇古今，而诗、书、印、画俱佳；他将中国画的精神与时代的精神统一得完美无瑕，使中国画得到国际的重视，无愧于“国画大师”的称号。

《毕生为文化而奋斗——中国第一出版家张元济》

张元济参与、主持和督导商务印书馆近六十年，使其从简单的印刷企业转变为当时中国教育出版的旗帜。张元济一生爱书，在中华大地动荡不安的年代里，他用自己对文化的热爱，续存着中华民族灿烂悠久的文明之光。

《独树一帜　梨园大师——著名京剧表演艺术家梅兰芳》

梅兰芳，京剧大师，演唱风格独树一帜，世称“梅派”。曾先后赴日本、美国、苏联演出，并荣获美国波摩那学院和南加州大学的荣誉文学博士学位。作为一位爱国者，抗战期间蓄须明志，拒绝为日本人演出，为后世称颂。

《华侨旗帜　民族光辉——爱国侨领陈嘉庚》

陈嘉庚是著名的爱国华侨领袖、企业家、教育家、慈善家、社会活动家。他为辛亥革命、民族教育、抗日战争、解放战争、新中国的建设做出了卓越的贡献。生前被毛泽东誉为“华侨旗帜、民族光辉”。

《向雷锋同志学习——伟大的共产主义战士雷锋》

雷锋，一个平凡而伟大的共产主义战士，一心向着党，一生秉承着全心全意为人民服务、无私奉献的崇高思想；发扬刻苦学习和钻研理论的“钉子”精神；坚持勤俭节约、艰苦奋斗的优良作风。毛泽东为其题词：“向雷锋同志学习。”

《人民的好公仆——县委书记的好榜样焦裕禄》

焦裕禄，被誉为县委书记的好榜样。他用自己的革命精神，展开了与大自然、与社会落后现象、与病魔的多重抗争，让我们领略到一个共产党人的生之伟大、死之壮美的人格品质和具有现实教育意义的精神魅力。

《文学巨匠　京味大师——人民作家老舍》

老舍是我国现代小说家、文学家、戏剧家。他用融入骨髓的真诚文字反映生活的喜怒哀乐。老舍的一生，总是在忘我地工作，他是文艺界当之无愧的“劳动模范”，生前被北京市人民政府授予“人民艺术家”的称号。

《革命老人——无产阶级教育家徐特立》

徐特立是一代伟人毛泽东的老师。他出生在贫苦家庭，大部分时间生活在动荡艰苦的年代；他刻苦勤奋，不畏艰辛，追求光明，一生勤俭，为革命培养了大量的人才；他对党和人民任劳任怨，鞠躬尽瘁。他坎坷奋斗的一生，留下了许多可歌可泣的故事。

《人生能有几回搏——新中国第一个世界冠军容国团》

容国团先后担任中国乒乓球队运动员、女队主教练。获得1959年男子单打世界冠军；1961年夺得男子团体世界冠军；作为中国女队主教练，1965年率女队第一次夺得女子团体世界冠军。他的“人生能有几回搏”的豪言，举国传诵。

《石油工人一声吼　地球也要抖三抖——铁人王进喜》

王进喜，新中国第一批石油钻探工人。他为祖国石油工业的发展和社会主义建设立下了不朽的功勋，在创造了巨大物质财富的同时，还给我们留下了宝贵的精神财富——铁人精神。他被评为“百年中国十大人物”，写入中华民族的光辉史册。

《做人民需要我做的事——著名地质学家李四光》

李四光是一位伟大的科学家，他一生从事地质学研究工作，足迹遍布祖国的山川，为祖国探明了许多地下宝藏；他创建了崭新的学说——地质力学；他历尽重重困难，为正确认识地质构造开辟了一条新路。

《中国化学工业的先驱——著名化学家侯德榜》

为摆脱纯碱需要进口的窘况，20世纪初，怀着“实业救国”梦想的中国化工先驱侯德榜等人创办了永利碱厂，并立志生产出中国人自己的碱。1926年，永利碱厂终于成功地生产出“红三角”牌纯碱，从此中国制碱业得以跨入世界先进行列。

《毕生求是　一丝不苟——著名科学家竺可桢》

著名科学家竺可桢献身科学研究；治学严谨，一丝不苟；一生廉洁，两袖清风；作风民主，爱护学生。他以爱国之心、报国之志，从一个民主主义者逐渐成长为一个共产主义战士。

《热爱自然的大地之子——著名植物学家蔡希陶》

蔡希陶，五十载风雨，五十载坎坷，五十载奋斗，五十载开拓，为了发现对人类生产、生活有用的植物及新物种的引进而做出巨大贡献，在中国的植物资源学史上将永远镌刻着他的名字。

《高洁无私的襟怀——知识分子的楷模蒋筑英》

蒋筑英是中国当代知识分子的先锋典范，他不为名，不为利，尊重科学；他以坚忍的毅力和顽强的作风，在科学的道路上呕心沥血，鞠躬尽瘁，无私地奉献了青春和生命。

《迎接新生命的天使——卓越的妇产科专家林巧稚》

林巧稚是国内外享有盛誉的妇产科专家。在五十多年的医学教育和临床实践中，林巧稚亲自接生了五万多婴儿，治愈了数千病人，培养了数以百计的专门人才，为我国的妇女儿童事业做出了不可磨灭的贡献。

《独自成千古　悠然寄一丘——国画大师张大千》

张大千是20世纪中国画坛最具传奇色彩的国画大师，无论是绘画、书法、篆刻、诗词无所不通。在艺术界深得敬仰和追捧，艺术家们用真挚的感情，用绘画和雕塑展现了“张大千”多彩的艺术形象。

《建造中国的通天塔——著名数学家华罗庚》

中国当代著名数学家华罗庚，为中国数学的发展做出了无与伦比的贡献，他是中国解析数论、典型群、矩阵几何等多方面研究的创始人与开拓者，也是我国最早将数学理论研究与生产实践紧密结合的科学家。

《问鼎长天　强我国威——两弹元勋邓稼先》

邓稼先是我国著名科学家，参加组织和领导我国核武器的研究、设计工作，从对原子弹、氢弹原理的突破和试验成功及其武器化，到新的核武器的重大原理突破和研制试验，作出了重大贡献。是我国核武器理论研究工作的奠基者之一，被誉为“两弹元勋”。

《敢叫天堑变通途——桥梁专家茅以升》

中国著名的桥梁专家茅以升从小立志为祖国建造桥梁，经过不懈努力，他不仅设计建造了一座座宏伟壮观、坚固实用的道路桥梁，而且搭建了一座座友谊之桥，为祖国建设作出了卓越贡献。

《蘑菇云之梦——核物理学家钱三强》

被誉为“中国原子弹之父”的核物理学家钱三强，更名后立志于科技报国；24岁投师于世界著名核物理学家居里夫妇；与夫人何泽慧合作，发现铀的“三分裂”“四分裂”现象；统领我国的原子大军，做了大量创造性工作。

《两离桑梓地　满怀雪域情——领导干部的楷模孔繁森》

孔繁森，是一位一尘不染、两袖清风的好干部。两次进藏工作，历时十载，为西藏的建设、发展和稳定作出了突出的贡献。1994年11月，孔繁森不幸以身殉职。人民群众称他为新时期领导干部的楷模。

《摘取数学皇冠上的明珠——著名数学家陈景润》

陈景润是享誉世界的数学家，为了证明“哥德巴赫猜想”，他以惊人的毅力在数学领域里艰苦跋涉，终于攻克了世界著名数学难题“哥德巴赫猜想”中的“1+2”，创造了中国乃至世界数学史上的辉煌。

《学术独步　饮誉四海——享有国际威望的科学家卢嘉锡》

卢嘉锡是一位在国际科学界享有崇高威望的物理化学家、化学教育家和科技组织领导者。1945年，卢嘉锡满怀“科学救国”的热忱回到祖国，对中国原子簇化学的发展起了重要推动作用，他所指导的新技术晶体材料科学研究，也取得了重大成绩。

《德艺双馨　梨园楷模——著名豫剧表演艺术家常香玉》

常香玉1941年赴陕甘演出。1948年在西安创办香玉剧社。1951年为支援抗美援朝，率剧社巡回西北、中南、华南各地演出，以演出收入捐献“香玉剧社号”战斗机一架，素有“爱国艺人”之誉。

《文学大师　激流勇进——著名作家巴金》

本书以巴金生平和主要事迹为线索，回顾和展示现代著名作家巴金的一生，以期让人们看到巴金在这风云变幻的100多年中，有过成功的欢欣，有过屈辱的磨难，有过痛苦的忏悔，有过平静的安宁。巴金的人生，映照着一代中国五四知识分子坎坷而不平凡的命运。

《壮心系科学　孜孜为国昌——理论化学家唐敖庆》

本书讲述了唐敖庆从出国求学、学业有成、回国任教，到服从安排、艰苦工作、刻苦钻研，最终成为中国量子化学奠基者的过程。让人们看到了这位著名化学家的赤心爱国、严谨治学、大公无私的崇高品格和科研上的卓越成就。

《中国导弹之父——著名科学家钱学森》

当第一颗原子弹升空的时候，当中国的人造卫星奏响《东方红》的时候，当中国运载火箭腾空而起的时候，当中国研制的导弹准确命中目标的时候，人们都会想起他的名字：中国导弹之父钱学森。

《中国近代力学的奠基人——著名科学家钱伟长》

钱伟长曾以中文和历史两个100分的成绩考入清华大学。九一八事变后，钱伟长毅然放弃了文科的学习而转为理科。他是中国近代力学、应用数学的奠基人之一，在固体力学、流体力学以及航空航天领域，取得了卓越的成就，为新中国的现代化建设付出了毕生的精力。

《中国光学科学的奠基人——著名科学家王大珩》

王大珩是我国著名的科学家，中国光学科学的奠基人。他先在清华就读，后赴英国求学，学业有成，立志科学救国，其成就享誉神州。他以科学的求是精神和赤诚的爱国情怀，探索着中国光学发展的闪光之路。